HISTORIA DE UN
HOMICIDIO EN
Guayana

O de cómo la Cuaima

sucumbió a su trágico destino

Mercedes Fuentes

Historia de un homicidio en Guayana

O de cómo la Cuaima

sucumbió a su trágico destino

Auyantepuy

Caracas, 2017

Primera edición: Caracas, 2017

Depósito legal: DC2017000923
ISBN: 978-980-12-9559-4

En Venezuela recibe el nombre de cuaima una serpiente muy ágil y venenosa, negra por el lomo y blanquecina por el vientre. También se utiliza para designar a una persona que se considera lista, peligrosa y cruel.

Diccionario de la Real Academia Española

Índice

1   Ilusiones que son un espejismo

    Cuando se visitan las minas de oro de la Guayana venezolana se tiene la oportunidad de escuchar historias diversas sobre los hombres y mujeres cuya existencia, imbuida de un sentimiento de supervivencia primitivo, transcurre en ese marco natural y salvaje de belleza incomparable. Para un extranjero, desconocedor de los hábitos y costumbres del lugar, resulta difícil discernir dónde comienza la verdad y dónde la fantasía cuando escucha a los lugareños narrar periplos vitales, llenos de codicia y ambición, que más bien parecen epopeyas de personajes de leyenda.

    Estas crónicas contienen una mezcla de pasiones que forman un cóctel explosivo que, por lo regular, tiene finales trágicos. Es ésta una zona minera de las más ricas del continente americano y del mundo. Hoy, igual que en el pasado, los hombres que a ella llegan persiguen el mismo fin que los antiguos colonos: disputarse la riqueza amarilla obtenida de la tierra, no importa el precio que tengan que pagar para ello. Por esta razón es este el escenario idóneo para apreciar cómo, después de tantos siglos, el hombre es movido, cual marioneta, por los mismos hilos de avaricia de épocas remotas.

    La relación de hechos que a continuación se va a exponer comenzó a finales de la década de los cincuenta, fecha en la que un emigrante gallego arribó, como muchos otros, a un pueblo minero del estado Bolívar buscando oro. Según cuentan, este individuo, inteligente, sagaz, cauteloso y astuto, consiguió, a pesar de todas las adversidades, cumplir su sueño: forjar una situación económica solvente con el oro encontrado en las márgenes de los ríos de Guayana. Para ello logró superar los peligros que acechan a los buscadores del metal precioso: el desánimo que produce la búsqueda infructuosa durante días, meses y años; la tentación de la bebida, diablo incitador y tenebroso que persigue a los mineros convirtiéndolos en guiñapos que, prisioneros del vicio, a duras penas consiguen continuar en pie sacando oro suficiente para costeárselo; pero, lo que es más insólito, fue capaz de esquivar los coqueteos y provocaciones de las mujeres de vida fácil que se aprovechan de la necesidad de estos varones solitarios a los que, en muchas ocasiones, terminan *embombando*; o sea, desvalijándolos del oro conseguido durante semanas de duro trabajo en las riberas de los ríos para, posteriormente, huir sin dejar rastro. Pero él, habiendo superado todas estas pruebas de la vorágine de la población minera, se irguió por encima de la miseria que lo rodeaba, convirtiéndose en el cacique de uno de los poblados más emblemáticos de la zona: Las Guadalupes.

Sin embargo, cuenta la historia que, después de resistir todas las trampas, finalmente cayó en desgracia, víctima de su relación con una fémina, la más terrible representación del mal llamado sexo débil. Y es en este punto donde el orador remite al espectador al único bar de la población de Las Guadalupes, *El Finisterre*, tras cuya barra se yergue altiva, como amo absoluto, una morena de aspecto robusto y semblante duro, conocida por los lugareños como la Cuaima. Según dicen, siempre en voz baja, ella fue la causante de la desgracia del minero gallego; después de amarlo y dejarse amar, lo destruyó totalmente, hasta el punto de quitarle la vida y de quedarse con todos sus bienes.

La narración hace hincapié en que la Cuaima se diferencia del resto de las mujeres de las minas porque, no pertenecía, como la mayoría, al gremio de las prostitutas en ejercicio. Habiendo llevado una vida ordenada, fue víctima y verdugo del amor que sintió por el forastero que se asentó en el poblado. Intrigada por la historia y deseando hurgar en ella, me adentré en la zona donde ocurrieron los acontecimientos hasta llegar al escenario de la tragedia: *El Finisterre*.

—Hace 35 años que estoy viviendo en esta población —me comentó una prostituta francesa del bar—. Llegué aquí a mediados de los cincuenta y los únicos cambios que se pueden apreciar desde entonces, es que antes todas las casas eran de lata y cartón y ahora muchas de ellas han sido sustituidas por hormigón, ladrillo y cemento. Fuera de esto, todo sigue igual.

Esta mujer de cabello rubio, lacio y escaso, y de apariencia frágil, ocupaba una de las mesas del rincón más oscuro del recinto en el momento que entré. Con una copa y un cigarrillo en los dedos, que de cuando en cuando acercaba a los labios, primero la una y después el otro, parecía un fantasma que había robado los últimos hálitos de vida que le quedaban.

—El pueblo y yo nos asemejamos en que ambos vivimos por inercia. Si cuando miras a tu alrededor crees que lo que bulle en las calles es el devenir vital del quehacer de hombres y mujeres, te equivocas; aquí solo bulle y sobrevive una esperanza loca que se alimenta de la desesperación de todos los desgraciados que a estas tierras llegan buscando conseguir lo imposible: la riqueza rápida e instantánea a través de las piedras doradas de los ríos que nos circundan. El tiempo que llevo residiendo en el pueblo me ha permitido apreciar que estas ilusiones son un espejismo que, si te descuidas, dura toda la vida y, lo que es peor, puede terminar con ella.

En un principio, al acercarme a su mesa, pensé que sería el personaje idóneo para relatar las vicisitudes del paso por aquellos contornos del hombre que despertó mi interés y que hasta allí me condujo. Pero la mujer resultó ser un interlocutor hermético cuya charla se hilaba de una metáfora a otra sin decir nada concreto.

Así que, tras pensar que había encontrado en ella mi fuente de información, tuve que obviarla y buscar a quien estuviese dispuesto a hablar con menos filosofía y más sencillez. Tengo que admitir que no me resultó difícil. No obstante, el respeto y el miedo a la madán del establecimiento eran tales, que mis informadores siempre se negaban a hablar con claridad y en voz alta. Por este motivo, todo lo que a continuación se relata es la consecuencia de una ilación muy fina de datos dispersos recogidos aquí y allá y cuya coherencia entre sí ha dado forma a lo que transcribo. A veces, redactando los acontecimientos, yo misma he dudado de su veracidad, pues repito, de lo que la gente cuenta no se sabe dónde comienza la verdad y dónde la leyenda. Pero, lo puedo asegurar, el trabajo realizado ha sido riguroso y el encaje de todas las partes entre sí, dando como resultado una historia homogénea, habla de que, posiblemente, todo lo que a continuación se relata se ciñe estrictamente a la verdad.

2 | ¡Dios envía una puta
para redimir nuestros pecados!

*E*ra agosto cuando inicié la parte final de mi excursión por el sur del extenso territorio venezolano. Habían sido las mías unas extrañas vacaciones. A pesar de encontrarme en el único país suramericano cuyas costas baña el mítico mar Caribe, yo ni las había visto. Los dos meses que pasé en tierras venezolanas transcurrieron delante de la pantalla de un ordenador, redactando noticias sobre la realidad cotidiana de ese país que, en otros tiempos, había sido considerado, por sus ingresos, producto de la venta de petróleo a 30 dólares, la Arabia Saudita de Latinoamérica.

Mientras viajaba en un destartalado autobús, mis pensamientos saltaban de una idea a otra, sin que llegase a imaginar que ese sería el comienzo de una aventura similar a la experiencia de un detective de novela negra investigando un crimen. Mi experiencia había comenzado como la de tantas periodistas españolas en paro. Recién licenciada de la facultad, no dudé en lanzarme a la aventura de conocer un trozo de tierra al otro lado del Atlántico cuando la oportunidad se presentó. Una excompañera de estudios, redactora de una agencia de noticias europea en Venezuela, conociendo mi situación de desempleada me había telefoneado, a finales de abril, para ver si deseaba ocupar su puesto durante sus largas vacaciones: más de dos meses, después de renunciar a ellas durante dos años seguidos. Ahora quería pasar junio y julio en casa, con su familia, y necesitaba un reemplazo. Sin pensarlo, acepté la propuesta.

Durante mi estancia en Venezuela encontré que múltiples aspectos de la realidad cotidiana llamaban mi atención pero, quizás, ninguno tanto como las leyendas que se cernían sobre las minas de oro de El Callao, en el sur del país. En la capital, Caracas, escuché las mismas historias que durante años había reseñado la prensa de todo el mundo: minas llenas de aventureros ansiosos de hacerse ricos de un día para otro; en un ambiente miserable, tanto espiritual como material, los mineros consumen sus días castigando sus riñones en las riberas de los ríos mientras buscan el metal precioso y lo poco que consiguen lo gastan, al terminar la jornada, casi íntegramente, en adquirir lo necesario para subsistir. Se alimentan mal y el producto de su trabajo se queda en las manos de putas y dueños de bares; porque si los mineros prescinden de la buena alimentación, no lo hacen del ron ni de las mujeres.

El prestigio de las minas, que se mantuvo durante la primera parte del siglo XX, a pesar de la bonanza económica generada por el petróleo, adquirió nuevo auge durante la crisis de los 80. Con el progresivo y generalizado empobrecimiento de la población, las pepitas de oro, junto con la entrega de nuevas concesiones por parte del gobierno venezolano, comenzó a atraer nuevas riadas de hombres y mujeres de Cabruta, Caicara, El Dorado, Tumeremo, Guasipati, El Callao... Localidades situadas en un tramo de 600 kilómetros que abarcan incluso a San Félix y lo que hoy en día es Ciudad Guayana. De esta manera comenzaron a instalarse grupos de trabajadores en las montañas, de cuatro y cinco hombres, machete en mano y ayudados con motosierras, que avanzaban rápidamente devastando, en dos o tres días, una hectárea: el equivalente a lo que la naturaleza tardó en construir durante 200 o 300 años. Más tarde, a comienzos de los 90, aparecieron por la zona empresas venezolanas y canadienses cuya intención era eliminar a todos los mineros pequeños.

Impulsada por la curiosidad, me las ingenié para arreglar un viaje a la zona una vez terminadas las vacaciones de mi amiga. Deseché la idea de ir en avión hasta Ciudad Guayana. Quería hacer el viaje por carretera para poder ver y apreciar en su cotidianidad a la gente del pueblo, así que compré un pasaje de autobús en la emblemática estación caraqueña del Nuevo Circo, hormiguero humano a cualquier hora, tanto durante los días laborables como los fines de semana. En una unidad de transporte colectivo con aspecto desvencijado, y entre el olor a plátano frito y empanadas de harina de maíz, partí rumbo al sur. Ocho horas de viaje que estuvieron caracterizadas por el sonido de las distintas emisoras de radio, según el conductor iba cambiando, en las cuales la nota destacable era la noticia de la muerte de la princesa de Inglaterra, Diana de Gales, en un túnel de París. Los humildes ocupantes del autobús permanecían impasibles ante la información. Solo de vez en cuando algún comentario en voz baja o un gesto de pena.

Una vez en el pueblo tuve la sensación de que su ambiente, como el de todos los pueblos mineros de esta geografía, era, a simple vista, desolador. Sus calles de tierra, polvorientas bajo el efecto de los rayos solares y, me imaginé, enfangadas tras el paso de las torrenciales lluvias tropicales, así como por los ranchos de lata y cartón, algunos de ladrillos sin revocar, otros, en caso de estar revocados, sin pintar, otorgaban al paisaje urbanístico la sensación de asentamiento provisional y reciente.

El viernes por la noche, y durante el amanecer del sábado, llegaron a la población, como todos los fines de semana, una decena de vehículos de compradores de oro. Todos ellos con su respectiva balanza, calculadora en mano, un maletín con mucho dinero en efectivo y un revólver. Como cada sábado, los pequeños mineros con terrenos arrendados, o dedicados a sacar relave, subieron al poblado a vender su mineral amarillo y a defender, ante los ruines criterios del comprador, lo que ellos consideraban que se les debía pagar.

Durante estos dos días la avalancha de negociadores era tal, que los pocos hoteles decentes del lugar no daban abasto para cubrir la demanda de habitaciones, ni sus restaurantes en dar servicio de comida. Por esta razón se levantaron, en los últimos años, construcciones con paredes de bloque y techo de zinc, donde se improvisaron unos cuartuchos con colchonetas delgadas para dormir, baño colectivo y un depósito de agua para lavarse la cara. Muchas viviendas, construidas con materiales similares en la misma época, se extienden a uno y otro lado de la calle.

En el momento de mi llegada los habitantes del pueblo estaban convulsionados, y no precisamente por la muerte de la princesa británica, presente en todos los canales de televisión locales y en todas las emisoras de radio, así como en los medios de comunicación escritos que llegaban a la localidad. No. El motivo era la muerte de una prostituta colombiana, de unos 30 y pocos, que había sido encontrada ahogada, con la mitad del cuerpo sumergido en el depósito de uno de los nuevos albergues. Alguien, al entrar en el baño colectivo, observó cómo del recipiente emergían unas piernas de mujer. Se asustó y corrió en busca de ayuda. Una vez en el lugar del crimen, la policía sacó el cuerpo sin vida de la joven. Según logré averiguar, este desagradable acontecimiento se unía, en ese momento, a la desaparición, hacía unos días, de la hija del único hotelero de la zona. Los pobladores estaban perplejos y asustados. Según comentaban, hacía tiempo que en el lugar no se producían incidentes de esta índole.

Mientras comía un guiso de carne de morrocoy –plato típico del lugar que se realiza con una especie de tortuga que habita esas latitudes– seguía, en la vieja televisión del restaurante, las imágenes de los dolientes súbditos ingleses dejando flores delante de los palacios de sus reyes y príncipes en duelo por la exmujer del heredero del trono. Ante el acontecimiento televisado, era evidente la apatía de los que me rodeaban. Ese fin de semana el único tema que preocupaba a los lugareños giraba en torno al presunto homicidio de la prostituta. ¿Cómo pudo ir a parar a ese depósito? Aparentemente había pasado su última noche en el albergue con un minero conocido por todos como el Chino, a quien la policía había detenido para interrogarlo poco después de encontrar el cadáver. Cuando lo fueron a buscar, ya bien entrada la mañana, estaba durmiendo la borrachera de la vigilia. Según afirmó, después de tirársela, como dicen los mineros en su argot, se quedó rendido y no recordaba si la mujer había permanecido a su lado en la habitación o si, por el contrario, se había marchado antes del amanecer. Según los datos aportados por el forense había sucedido lo segundo, pues el fallecimiento ocurrió alrededor de las 4 de la madrugada, hora sobre la cual debería haber dejado la habitación.

La posibilidad de que hubiese ido a despejarse el sueño con un poco de agua en la cara y hubiese tropezado, cayendo dentro del depósito, había sido descartada por la altura del recipiente. La policía manejaba la hipótesis de que le mantuvieron la cabeza en el agua hasta que murió asfixiada y, una vez muerta, la tiraron dentro. Al llegar a este punto, las incógnitas en torno al móvil del crimen quedaban sin respuesta.

—¿Pero quién podía querer matar a esa infeliz? —pregunté.

—Alguien obstinado por sus apariciones —Contestó prontamente un minero—. ¡Mira que era bien pesada con sus charlatanerías de vírgenes y cristos!

—¿Charlatanerías de vírgenes y cristos? —mi asombro crecía.

El hombre, con deseos de hablar, explicó con detalle:

—Hacía poco tiempo que había comenzado a desvariar. Perdió el juicio. Tenía alucinaciones: se veía como una enviada de Dios para salvar a los mineros. ¡Y de eso no había duda! —comentó en tono jocoso—. ¡Nos salvó de pasar muchas noches solitarias en los catres de este desvencijado pueblo!

—Había momentos, ya fuese sola o acompañada, en que se postraba de rodillas sobre el suelo de su vivienda, con los brazos en cruz –relató una mujer– y, según decía, hablaba con la Virgen. «Estoy aquí para redimir del pecado a todos los que viven y mueren en este pueblo y para brindar a los mineros un poco de consuelo», decía. Y los que la escuchaban le preguntaban con regocijo y malicia: «¿Y qué te dice la Virgen?». Y ella contestaba: «Que pronto mis méritos se verán recompensados: ¡las autoridades del gobierno de Caracas me darán un reconocimiento!». La conversación solía continuar con la siguiente pregunta: «¿Y dónde va a ser la entrega? ¿En el pueblo o en Ciudad Bolívar?». «¡En Caracas! ¡Y todos están invitados!», respondía la infeliz. «Pero Caracas queda muy lejos: ¿cómo vamos a ir hasta allá?», le replicaban. «Se pondrán autobuses para que vayan todos», acotaba.

Como es fácil imaginar, estas conversaciones comenzaron a ser la delicia de los habitantes de la zona que, a falta de otros entretenimientos, se las ingeniaban para sonsacar a la pobre desdichada. De esta manera se armaba tal jolgorio que se encontraba, repentinamente, rodeada, en corro, en un ambiente de fiesta. «¡Hay que ver! ¡Dios nos ha enviado una puta para redimir nuestros pecados!», se repetían guasonamente los concurrentes.

Sintiendo que me adentraba en una especie de relato de misterio, y vislumbrando que detrás de aquella historia se ocultaba toda una vida de tragedia, centré mi atención en indagar todo lo relacionado con los acontecimientos. De entre los datos obtenidos me llamó la atención que la desafortunada había llegado al pueblo en septiembre de 1981 y en ese momento tenía tan solo 19 años; procedía de Colombia y era hermosa, pobre e ignorante. Como muchas otras jóvenes de esas latitudes a esa edad, dejaba tras de sí dos hijos producto de una relación incestuosa con su padrastro. El responsable de su tragedia abandono al grupo familiar dejando tras de sí cinco hermanos pequeños, habidos con su madre, y los dos suyos. En total, una prole de siete bocas que alimentar. Ese fue el momento en el que no le quedó más remedio que buscar la manera de sobrevivir, al mismo tiempo que ayudaba a alimentar a los que quedaban en el hogar.

De esta manera, proveniente del nivel más depauperado de la sociedad colombiana, llegó al mundo de las minas de El Callao, si cabe, aún más marginal que el que había dejado. En este ámbito comenzó a practicar el oficio más antiguo de la humanidad y con el dinero proveniente de su oficio ayudó a sostener a la numerosa prole. De vez en cuando recibía cartas y fotos que mostraba a sus vecinos y clientes. Mientras, continuaba esgrimiendo todas las artes de las meretrices para satisfacer los caprichos que el demandante de turno tuviese a bien pedir. Sus destrezas, junto con su moreno y delgado cuerpo, macizo y bien moldeado, la convertían en una dulce presa para los desgraciados que dejaban los riñones en las riberas de los ríos de la Guayana. Por su parte, y a cambio de sus bien afinados servicios, tenía la ramera colombiana tarifas establecidas, muy superiores a las del gremio en el mismo pueblo. Su fama se extendió y durante algunos años los clientes no le faltaron, atendiendo, por día, según los chismorreos, a una docena de febriles mineros. Con el tiempo sus hazañas en el catre se habían convertido en leyenda...

Después de pasar toda la década de los 80 mandando dinero a los suyos, mientras soñaba, dormida y despierta, con el regreso al hogar, a principio de los 90 llegó el día tan esperado. Tenía ya más de 30 años cuando arribó a la casa materna donde fue acogida como una extraña. Con sus hijos crecidos, hermanos casados y una madre enferma, encontró que la ausencia le había arrebatado aquello por lo que tanto había luchado: un hogar; solo su progenitora, enferma y prematuramente envejecida por el sufrimiento y las penalidades, besó con devoción las manos de la hija mientras se las empapaba con sus lágrimas. Parecía, con su intuición de madre, adivinar cuál había sido el destino de su pequeña, a pesar de las mentiras que ella le contaba en las cartas: «Soy dependienta en una elegante tienda de ropa para señoras en Ciudad Bolívar», le había dicho durante los primeros años. Más tarde pasó a ser la dueña de dicha tienda: «La señora era muy mayor, estaba cansada y quiso retirarse. Como me apreciaba me facilitó la compra». «¿Y no has encontrado un hombre que te pudiese hacer feliz? Tus hijos y tus hermanos han crecido. Ya no te necesitan tanto como antes. Todavía eres joven y puedes rehacer tu vida». «No quiero saber nada de los hombres, madre. Soy feliz como estoy y con lo que tengo», mentía. «La suerte que has tenido con la dueña de la tienda es porque Dios te ha premiado por el sacrificio que has hecho por nosotros, hija mía. Pero todavía falta algo: conseguir que tengas tu propia familia, ya que para formar parte de ésta has llegado un poco tarde. Todos se van y hasta yo me estoy quedando sola».

Visto el panorama y con la promesa de que regresaría a buscarla «porque a mi lado siempre tendrás un hogar», retornó al poblado minero. Por primera vez, le dolían sus propias mentiras. Por primeras vez sentía el amargo sabor del fracaso: «¿Cómo puedes creer, madre, que tu hija es la dueña de una tienda elegante? ¿No te das cuenta de lo mal que hablo? No tengo modales, madre; soy ignorante y ordinaria. ¿Cómo te puedes creer mis mentiras?». «Las madres creen lo que quieren creer», le había dicho una voz interior.

Ella sabía que no volvería a visitar su casa. No emprendería jamás el viaje tan esperado. Sus esperanzas de un futuro mejor al lado de los suyos se habían esfumado. Lo único que había conseguido con la visita al tan ansiado hogar era un desencanto que comenzó a horadar su tumba. «Soy una puta. En estos años he ofrecido miles de veces mi cuerpo a cambio del dinero que los hizo ir a la escuela, que los alimentó, que los vistió...», hubiese deseado decirles a aquellos jóvenes enrumbados en la vida hacia un futuro mejor que el de ella. En sus ensoñaciones se imaginaba besada y amada por sus agradecidos hermanos e hijos al enterarse de su sacrificio... pero, sabía que eran solo sueños. «Si se enteran de la verdad, me despreciarán; solo verán la vergüenza de tener una madre y una hermana puta». De tal manera que su verdad quedaría resguardada de su familia, como también había quedado ante sus hijos el hecho de que eran medio hermanos de sus tíos.

Para ellos, su padre era un amigo del abuelo que en varias ocasiones había invitado a permanecer en el humilde hogar con la familia. «Cómo pudiste tener tan poco juicio y entregarte a él sin ninguna garantía», le había dicho su hija mayor mientras ella tragaba saliva con dificultad. «Era joven, inexperta e ignorante», le había contestado. Pero la verdad, «era joven, inexperta, ignorante y el marido de la abuela, el padre de vuestros tíos, abusó de mí sin piedad desde los 12 años», quedó en un pozo profundo de su alma que de vez en cuando se removía haciéndola sentir desdichada.

En los últimos tiempos ese pozo se había alebrestado. Siguió, no obstante, ejerciendo el oficio con menos ahínco, en tanto buscaba una nueva justificación para su vida. Tal fue su empeño en este sentido que un día comenzó a alucinar. Con el tiempo, sus servicios dejaron de ser requeridos por los mineros que sentían que se les achicaban las ganas al estar con una visionaria.

—¡Hay que ver cómo se agua la fiesta cuando comienza a hablar de sus pendejadas!— había murmurado alguno de sus potenciales clientes.

Por esta razón se vio reducida a dar sus complacencias a los despistados y desesperados que, no teniendo otra cosa, la buscaban. Lo poco que conseguía con estos clientes le ayudaba a mantenerse miserablemente. Con el paso de los días dejó de ser el foco de bromas y pasó a ser vista con lástima. Durante las jornadas posteriores al secuestro de la hija del emblemático empresario de hostelería del pueblo, ocurrido en agosto de 1997, nadie le prestó suficiente atención para enterarse de lo que la mujer decía sobre la desaparición de la joven. Solo un viejo minero gallego, Eusebio, la escuchó durante la noche del viernes, víspera de los funerales de la mujer más llorada en Inglaterra y de la muerte de otra mujer considerada santa por los católicos, la madre Teresa de Calcuta.

Ese viernes Eusebio no había sido recibido en su rancho por Natividad, la puta que solía frecuentar y, por esta razón, a última hora, cansado de esperar, se había refugiado en los brazos de la loca. «Desde que perdió el juicio no deja de hablar huevonadas», se decía el gallego. Tumbado sobre el catre, desvelado, con un cigarrillo en la mano, no dejaba de escuchar a la colombiana hablar con su acento típico del costeño, que le decía que había sido objeto de una revelación premonitoria por medio de la cual le informaron de cómo había sido secuestrada la muchacha desaparecida.

«Está de atar», se dijo mientras la miraba con pena. «Muy solo y acojonado me tengo que sentir para estar aquí con esta ramera lunática». Mientras la colombiana, acostumbrada a que no la tomaran en cuenta, seguía hablando sin ton ni son, despreocupada totalmente por si la escuchaba o no: «Ese buenmozo que viene por aquí a comprar oro es el que se la llevó. Con estas orejas que se han de tragar la tierra lo escuché. Sí señor. Porque me entero de to, que pa eso tengo mis informantes. Él y el Gumersindo, el encargado que está a las órdenes de «doña Isabel». Mira tú por donde ésta le ha salido rana a don Pedro, con lo que él la quiere... es una malagradecía... como los míos... Por eso, por eso mismitico yo estoy en este mundo, pa morir por los pecados de tos estos desgraciados. Mi Virgencita no me va a desamparar ni a dejar sola...».

—Mira, Inmaculada... que hables de tu virgen y de tus mensajeros, no pasa nada. Pero si sigues con esa vaina de andar diciendo por ahí que ese importante comprador de oro, Gumersindo y la mujer del padre de la chica están detrás del secuestro, te puedes ver mezclada en un buen lío. ¡Cállate! Como se te ocurra inventar de ahora en adelante historias como esta, en lugar de indiferencia lo que vas a conseguir es que te expulsen del pueblo a patadas —le avisó el viejo minero, cansado de escucharla y deseando dormir para salir en la madrugada rumbo a la mina.

—¿Crees que estoy inventando? ¿Te crees que lo que digo no es cierto? —le increpó disgustada la dolida Inmaculada.

—¡No mujer! ¡Yo no creo nada! Solo se me ocurre que te puedes ver metida en un gran lío si sigues por ese camino. ¡Nada más! —le respondió conciliador. Y con estas palabras se colocó de medio lado quedando, al instante, profundamente dormido. Pronto sus sonoros ronquidos se expandieron por toda la estancia. Inmaculada se ensimismó y permaneció largo rato de esta guisa hasta que el cansancio y el sueño la vencieron. En la mañana del sábado Eusebio se despertó con el canto del gallo y, aprovechando el fresco de las primeras horas, salió rumbo a la mina para proseguir su labor. Y fue allí, durante las últimas horas de la tarde del lunes, con su pala, tobo y una batea, como minero rudimentario que era, donde se enteró, en tanto decantaba la arena agotada que puede contener el oro, de la muerte de Inmaculada.

Uno de los buscadores de oro contaba los acontecimientos mientras se disponía a coger la manguera de tres pulgadas de diámetro que, con la fuerza de su presión, haría un corte cuadrado de quince por quince metros en la ribera del río, cerca del cauce original. Eusebio, tras escuchar la historia, agarró los diez gramos de oro obtenidos durante la jornada, una centésima parte de lo que saca el minero que trabaja con equipos mayores, como una bomba de tres cilindros, un caracol y su impelente para bombear el carato de arena y agua que se forma en el corte del río, y se dispuso a marchar hacia Ciudad Guayana a contarle a don Pedro lo que la mujer le había dicho la noche anterior a su muerte.

3   Viene una hija y lo trastorna todo

$\mathscr{E}$l hombre que salía por la puerta del bar *El Finisterre* tenía problemas para caminar en línea recta calle arriba. Con gran dificultad, Eusebio logró colocarse en medio de la calle, procurando no irse hacia los costados. Era muy tarde y al día siguiente, miércoles, quería madrugar para volver a la faena, pero no deseaba irse a su rancho. La soledad le pesaba más que otras noches. Sentía ganas de hablar y las mesoneras de la barra no habían saciado aquel pozo de ansiedad que había emergido en su ser tras los últimos acontecimientos.

La calle estaba enfangada. Era agosto, época de lluvias... ¡Maldita sea! Entre el fango y el ron apenas podía caminar; no hacía más que dar traspiés. Sus pensamientos no lo dejaban tranquilo. No había ron suficiente para pararlos. Hubiese deseado encontrar al paisano, a ese bandido astuto, para advertirle que la muerte de Inmaculada no era casual. «Está en Ciudad Bolívar. Lo llamaron de su casa el martes en la mañana», le habían dicho. ¡En su casa de rico...! ¿Cómo sería? ¿Solitaria como su chabola de mala muerte? ¡Seguro! ¡Rica, pero solitaria! ¿Le pesaría la soledad?, se preguntaba Eusebio. Si era así, nadie lo sabía. No cabía duda, Pedro respondía al estereotipo del gallego: nunca se sabía si subía o bajaba. Aparentemente, el dueño de *El Finisterre* tenía el mortal privilegio de estar por encima de las debilidades humanas. ¿Cómo estaría con la desaparición de la hija? ¿Persistiría en su actitud flemática? ¿Tendría algo que ver la Cuaima con la desaparición? ¿Sería verdad la versión de Inmaculada? Y de ser así, ¿cuál sería la reacción del gallego? ¡La Cuaima! Por un momento cerró los ojos y se imaginó al gallego rodeando sus redondeces con sus delgados y morenos brazos... Pensó en buscar al paisano en Ciudad Bolívar pero era demasiado tarde. Iría a casa de Natividad.

Tenía dinero suficiente para pagar los servicios de Natividad y seguro que, a esa hora, ya habría terminado con sus clientes. Pensó melancólicamente que le resultaba extraño que, de entre tantas putas, ésta en particular lo atrajese tanto. ¡Qué caray! Natividad estaba buena pero, aparte de sus exuberantes tetas, como buena negra, y su culo de yegua salvaje, era una mujer que sabía escuchar... ¡Naturalmente! ¡Como todas! ¡Sus honorarios no los perdonaba! A pesar de lo cual solía pasar muchas noches en su rancho con el único propósito de dormir acompañado. Le pagaba generosamente y, de esta manera, dormía abrazado a aquella mujer más usada que las letrinas de una plaza pública. Si hubiese visto a Pedro... quizás esa noche habría sacado fuerzas para llegar hasta su camastro.

Mientras Eusebio seguía su camino rumbo al rancho de Natividad, inmerso en sus cavilaciones, Pedro, un hombre de baja estatura –no más de 1,65–, delgado, moreno y de abundante pelo negro, muy ensortijado y salpicado de canas, sentía que su vida estaba dando un giro inesperado. Después de tantos años de monotonía, sin preocupaciones, venía una hija y lo trastornaba todo. Estaba en su casa, con el teléfono en la mano. Acababa de terminar una conversación que le inquietaba. «¡Desgraciados! ¡Hijos de mala madre!», pensó. Colgó el aparato. Repentinamente sintió un fuerte dolor en el pecho. Se llevó la mano a esa parte del cuerpo. Trató de relajarse. Aspiró hondo. Buscó, a tientas, el sillón. Se sentó, reclinó la cabeza hacia un lado y, con las piernas estiradas, procuró descansar. «No puedo. No puedo dejarme vencer por el disgusto. No puedo fallar», se dijo mentalmente. Después de pasados unos segundos se repuso y, ya controladas sus emociones, tomó de nuevo el auricular y marcó.

—¿Rosalía? Comuníquese con Gregorio y Ramón. Dígales que estoy esperando noticias.

—Sí, señor Pedro. Tan pronto los localice les doy su mensaje —escuchó que decía la interpelada a través del hilo telefónico.

Tras colgar, se removió inquieto. No sabía qué hacer a continuación. No había tiempo que perder, pero en esos momentos solo quedaba esperar. «Esta labor es de resistencia. Hay que medir cada paso. Su vida depende de la cautela con la que nos conduzcamos. Primero tengo que hablar con Ramón y Gregorio. Después ya decidiremos qué se hace a continuación».

Se quedó mirando al vacío. Recorrió la estancia con la vista sin fijarla en un punto y, de repente, se le ocurrió que la apariencia de la misma no había cambiado en veinte años. ¡Su mano estaba presente en cada detalle! ¡Berta...! Tendría que comunicarse con ella. ¡Pero no! ¡Mejor esperar! No era oportuno. La alarmaría y... ¿qué podría hacer ella, excepto preocuparse y sufrir? ¡Difícil tarea le esperaba!

Súbitamente le asaltó el fantasma de la culpa... La culpa no era un sentimiento bienvenido en su vida. Cada vez que aparecía, la desterraba sin dilación. Pero en esta ocasión no encontraba fácil deshacerse de ella. Se engarzaba en los eslabones del pasado que llegaban, y al mismo tiempo comenzaban, en donde su matrimonio había terminado. Recordaba los reproches de Berta, y, podría ser que, por primera vez reconocía que tenía razón... podría ser que por primera vez porque, en lo más profundo de su ser, él, aunque no lo hubiese aceptado, había siempre comprendido que Berta estaba en lo cierto. Pero una cosa era comprenderlo y otra interrumpir un proyecto de vida. Ni aun ahora, ante la cruda realidad, podría rectificar.

¡Si hubiese regresado a Galicia...! Pero nunca retornó. Viajó esporádicamente. Desde su partida del hogar habían pasado muchos años, los suficientes como para dudar de los recuerdos guardados en su memoria. «Regresar de vez en cuando de vacaciones no es lo mismo», pensó. En su primer viaje conoció a Berta. Tenía entonces 38 años y ella 26. Ya había conseguido la mayor parte de sus posesiones o, por los menos, lo que sería la base. Gracias a ello la había conquistado. ¿Por qué no reconocerlo? Eran otros tiempos. Estaba comenzando la segunda mitad de la década de los 60. Era la España de Franco, la América de los dólares y la era de los Kennedy.

Tampoco aquellos eran los mismos días en que, con solo lo justo en el bolsillo para una pensión, había llegado a Venezuela: febrero del 57, en plenos carnavales. Estas fiestas se celebraban en el país caribeño con carrozas y bailes. La música y la alegría invadían las calles de la ciudad. El jolgorio popular se confundía con su propio júbilo. Serpentinas, papelillos y caramelos caían sobre él como en un presagio de felicidad: estaba dispuesto a afrontar lo que fuese. Al otro lado del Atlántico, en una cornisa de la península ibérica, quedaba su pueblo. Pertenecía a una humilde familia de pescadores. Su padre pasaba largas temporadas en algún barco mercante. La madre, sola, con la ayuda de los hijos mayores, trabajaba en las faenas del campo y de la casa, cuidando de los pequeños. El primogénito siguió los pasos del progenitor: cumplidos los catorce se embarcó y en el hogar quedaron cuatro de los cinco vástagos que tenía el matrimonio. Seguía la única chica de la familia y a continuación Pedro.

Los que nacían en el pueblo tenían poco de dónde escoger al arribar a la edad adulta; el mar se presentaba como, prácticamente, la única alternativa. Pedro no quería seguir este trayecto predeterminado. Por ello, en un principio, llegado el momento de decidir, comenzó el aprendizaje de la ebanistería en el taller de un tío, donde permaneció trece años, primero adquiriendo las nociones de la profesión sin cobrar; más tarde cobrando poco. Cada peseta que recibía la ahorraba. Llevaba los gastos contabilizados en su más mínimo detalle. Estaba claro: él no se quedaría en el pueblo. El futuro predecible que le esperaba casándose con una rapaciña, teniendo hijos y trabajando toda su vida por un sueldo escaso no le seducía. Soñaba con un mundo diferente al otro lado del mar. Los avisos publicitarios en la pantalla cinematográfica de uno de los pocos cines de Santiago de Compostela, precediendo a la película, habían ayudado a forjar estos proyectos y a darle visos de realidad. Así pudo meditar sobre qué destino le convendría más: Brasil, Argentina o Venezuela. Este último, promocionado con sus rascacielos modernos y autopistas, amén del petróleo, había sido el elegido. Tras él quedaron la madre, sus tres hermanos y una novia con la promesa de que, tan pronto se estableciese, se casarían.

Al principio su vida en Caracas transcurría apaciblemente. Consiguió empleo en una carpintería a los pocos días de su llegada. Aunque legalmente había entrado como trabajador del campo, ocupación que tenía preferencia para ingresar en el país, no había dudado en buscar colocación en su oficio. Su caso no era el único. La mayoría de los emigrantes europeos estaban en las mismas circunstancias. No tenían problemas para llenar los papeles pues, en su casi totalidad, eran campesinos, lo que hacía que, aun cuando su declaración fuese falsa, no lo era tanto. La juventud de Italia, España y Portugal huía de su suerte en la labores de sus antepasados. Esto se oponía a las intenciones de la dictadura militar de Pérez Jiménez, que pretendía poblar el desértico y extenso territorio venezolano fomentando, al mismo tiempo, la producción agrícola interna. De haber continuado el dictador no se sabe si hubiera logrado su propósito, aunque, seguramente, el resultado no sería muy diferente al que obtuvieron las fuerzas democráticas al asumir el poder en 1959. La escasa población rural, y aquella que llegaba del continente europeo, se asentaba en las principales ciudades atraída por el gran gasto público, producto de los ingresos petrolíferos. Gracias a la inmigración, la densidad demográfica metropolitana de Venezuela se iba a triplicar en las siguientes décadas.

Pero el destino de Pedro estaba muy lejos de la vida apacible que conoció en aquella Caracas provinciana cuyas costumbres estaban sufriendo cambios que, poco a poco, la convertirían en una ciudad cosmopolita. Su destino se encontraba en el sur, en el estado más grande de la república petrolera. Hasta allí llegó buscando no el oro negro, de moda en ese momento, sino el oro de siempre... el amarillo que se encontraba en las minas de El Callao. Y es que, entre el grupo de emigrantes en el que se encontraba, se había corrido la voz de que en Venezuela todavía era posible hacerse rico, de la noche a la mañana, trabajando en las minas de oro que estaban en el sur del país. No lo pensó dos veces. Recogió sus pertenencias y allí se dirigió.

Él deseaba, como todos los extranjeros que llegaban, hacer fortuna en América. Sin embargo, con poco tiempo de estancia en aquella tierra ya se había dado cuenta de que solo con trabajo duro no lo conseguiría antes de que pasase mucho tiempo. Por ello decidió que si había cruzado el Atlántico, ¿por qué no ir un poco más lejos y correr la aventura del buscador de oro? ¿Qué tenía que perder? Su caso no fue el usual entre los sureuropeos. La mayoría apostó por lo seguro y por una vida convencional que les permitió hacer su fortuna con el trabajo y el sacrificio de muchos años. Pero Pedro fue uno de los pocos afortunados que, una vez lanzado a la aventura de lo incierto, la suerte lo acompañó. Su audacia y, en mayor medida, hay que aclararlo, su astucia, hicieron el resto. En menos de diez años asentó las bases de su fortuna y su vida quedó, definitivamente, ligada a aquel mundo que Berta, su mujer, no pudo comprender y que tanto rechazó.

La primera vez que escuchó hablar de la minas de oro estaba con un grupo de amigos en uno de los tantos bares de la Candelaria, barrio caraqueño de casas de una sola planta con patios interiores, construidas durante la Colonia española a imagen y semejanza de aquellas que formaron parte del paisaje urbano de las ciudades de Al Andalus en su época de esplendor. Habiendo sido residencias de los ricos hacendados criollos durante la Colonia, y de los funcionarios de la corona, perdieron su prestigio a principios del siglo XX, tras la transformación del país a raíz del descubrimiento de los yacimientos petrolíferos. Estas emblemáticas casas de la amable Caracas de los techos rojos se convirtieron, paulatinamente, a la llegada de los inmigrantes, en pensiones donde se instalaron familias completas procedentes de la península ibérica, principalmente gallegos, y algunos portugueses. El antiguo barrio colonial transformó su faz. Sus calles tranquilas y bucólicas de otro tiempo, se llenaron de negocios que buscaban satisfacer las necesidades básicas de los nuevos habitantes. Pequeñas bodegas dispensadoras de lo necesario para la dieta diaria de los europeos, bares, cafeterías, restaurantes... Pedro, igual que otros hombres solteros, solía frecuentar los bares donde encontraba compañía, se distraía y, de esta manera, obtenía información sobre un entorno nuevo y desconocido.

En una de aquellas noches, en las que las reflexiones de los presentes giraban en torno a las duras jornadas y a la manera de hacerse rico en poco tiempo, un hijo de la patria de Breogán, adusto, desconfiado y muy callado, rompió su natural silencio y comenzó a hablar de un paisano que al llegar se fue a El Callao. José, nombre del protagonista de la conversación, en dos años se había convertido en millonario. La historia decía que, junto a otros compañeros que trabajaban con él, encontró varios kilos de oro que, una vez comercializados, se convirtieron en quinientos mil bolívares. Para aquel gallego se habían terminado los años de emigración; regresó a su pueblo con la intención de fabricarse una casa y montar una taberna.

El final, que para el narrador parecía el punto culminante que representaba los deseos de todos los que allí estaban, y que sin duda eran los suyos, no entusiasmó a Pedro demasiado, pero sí le interesó toda la información que a continuación surgió sobre las minas. Los datos que aquella noche se manejaron eran fantásticos. Las minas de oro fueron presentadas como fabricantes de millonarios. Era el sueño del rey Midas convertido en realidad, gracias al alcohol barato bebido en cantidades suficientes para pagar el sueldo de las fulanas que los acompañaban. Pedro, normalmente, no se dejaba arrastrar por los efectos de la bebida, ni que tomase en abundancia. Sin embargo, aquella noche era uno más. Aun así, supo que había que relativizar lo hablado. No se equivocó. Pero ello no le impidió dejar el trabajo en la carpintería y marcharse a conocer las minas.

Al llegar a Ciudad Bolívar, capital del estado del mismo nombre, Bolívar, comenzó a escuchar versiones diferentes sobre la historia que le habían contado en Caracas. En estas versiones variaba el nombre, la nacionalidad –unas veces era portugués, otras veces gallego o italiano– y los acontecimientos; uno de los relatos describía cómo el minero, después de encontrar una importante cantidad de oro, lo perdía, en su totalidad, durante la celebración del hallazgo tras dejarse *embombar* por una mujer. Don José, uno de los nombres que recibía en el relato el protagonista, había pasado semanas en la selva, y al regresar al poblado no fue capaz de resistir la tentación de la carne. Una vez satisfecho, y dormido bajo los efectos del ron, la guayanesa que lo sedujo le sustrajo todo el oro, desapareciendo a continuación. Una vez en el terreno, esta versión le pareció a Pedro más verosímil que la que había escuchado en Caracas.

En el poblado al que llegó, Las Guadalupes, había un mísero bar que comenzó a frecuentar buscando, como de costumbre, información. ¡Y he aquí las jugadas del destino! Un día su dueño, un italiano pelirrojo y de voluminosa estampa, con el que había intimado, se interesó por su vida y planes futuros. Pedro, ante su demostración de confianza y afecto genuino, le manifestó, sin reservas que no tenía proyectos fijos y que, en esos momentos, ni siquiera sabía si se quedaría por aquellas tierras. El italiano, por su parte, le confesó que, después de diez años, deseaba regresar a su país y, por esta razón, buscaba comprador para el establecimiento y las concesiones mineras que poseía. En respuesta, al observar que el italiano lo percibía como un candidato para adquirir su negocio, Pedro se sinceró haciéndole ver que él hubiese sido ese individuo si contase con el dinero suficiente. Pero este detalle no desanimó a su interlocutor que, confiando por instinto en aquel recién llegado, y deseoso de hacer negocio rápido, replicó que no era necesario: podría pagarle con lo que contase y el resto a plazos. En pocos días el acuerdo quedó zanjado. Así que, con los pocos ahorros conseguidos en Caracas, el gallego adquirió el rancho-bar, una concesión minera con un equipo de cinco personas y una máquina. De lo encontrado en las concesiones dos cuartas partes serían para él, como propietario de la maquinaria, y el resto se repartiría entre los mineros que en ellas trabajaban. Al principio las jornadas resultaban duras. Pedro se repartía entre las minas y el negocio, mientras aprendía su funcionamiento pero, con el tiempo llegó a conocer y confiar plenamente en los subalternos heredados de la antigua administración: Joao, un rechoncho portugués, encargado del bar; George, un negro trinitario que hacía de camarero y, al mismo tiempo, animaba las noches del tugurio tocando un órgano desvencijado; y, finalmente, Gregorio, capataz de los mineros.

Todo a su alrededor funcionaba con eficiencia. Para mantener la motivación de su personal siguió el consejo del antiguo dueño y les conservó un porcentaje de participación que éste les había asignado. «Es poco lo que das si a cambio te granjeas la fidelidad de los que te sirven; con el tiempo te darás cuenta de que en este mundo, donde cualquiera porta una pistola en una funda atada al tobillo, o en la cintura, la fidelidad de aquellos que te rodean es un bien inapreciable».

Con el paso de los lustros Pedro se convirtió en un hombre poco corriente en Las Guadalupes. Todos los que por allí se acercaban andaban de paso. Sus planes eran enriquecerse con el oro encontrado en poco tiempo y, desde el primer día, soñaban con el momento de la partida. De esta forma nadie se preocupaba por enraizar, por cuidar y mejorar las viviendas o hacer algo por el pueblo; él fue el único que modificó la estructura del rancho, revocando sus paredes y pintándolas porque, excepcionalmente para esa época, estaba fabricado con ladrillos. Con el tiempo construyó un anexo para habitaciones, sala de juego y comedor. Asimismo, edificó un pequeño apartamento, aislado del resto de la construcción, donde solía refugiarse. Con posterioridad compró una quinta en Ciudad Bolívar; esta adquisición fue la consecuencia de su encuentro con Berta en el viaje del 67 a Galicia.

Su éxito en el sórdido mundo de las minas se le puede atribuir, en gran medida, a su carácter flemático, poco apasionado, práctico y capaz de conservar la calma en situaciones extremas. Solo así pudo sortear los escollos en un mundo lleno de trampas donde la violencia, el alcohol y las mujeres son el talón de Aquiles del minero. El temperamento de Pedro no le hacía propenso a verse envuelto en trifulcas. No obstante, en caso de enfrentar alguna, lo hacía con sangre fría, sin perder el control de la situación. En cuanto a la bebida, no era su debilidad y, más bien, asumía su consumo como un acto social que le resultaba poco atractivo en sí mismo. Tampoco era un hombre fácil de seducir por las mujeres. No le gustaba frecuentar prostitutas pero, hay que resaltar que no distinguía en el trato que le dispensaba a una prostituta del de una dama; a ambas las trataba con el mismo respeto. Él sabía lo que era sobrevivir. Y para él, todas aquellas mujeres que le rodeaban sobrevivían como mejor sabían. Su genuina nobleza, junto a un discreto atractivo físico y su aparente indiferencia, lo convirtieron en el hombre más deseable de los alrededores para el sexo opuesto y el más respetado por los representantes de su propio género.

El único talón de Aquiles de Pedro, y que se preocupaba de ocultar cuidadosamente, no sin cierta vergüenza, era el dinero; su acumulación sin un objetivo muy bien definido le brindaba una seguridad interior que le hacía la vida más confortable. El hambre pasada durante la posguerra española le había dejado una huella imborrable. Jamás lograría desterrar de sí el sentimiento de anhelo insatisfecho ante una repartición escasa de alimentos realizada por su progenitora entre los integrantes de la familia: «¡Calma! Lo poco que hay se repartirá en partes iguales. Si nos quedamos con hambre, nos quedamos todos. Si nos saciamos, nos saciamos todos», repitió durante años, diariamente, como un estribillo, la humilde gallega a la hora de repartir los pocos alimentos. Esta extrema necesidad en sus años infantiles le enseñó la importancia del vil metal. Por ello, como muchos de su generación, y sin tener aún una idea definida sobre cuál sería su destino, abrió una cuenta en un banco de Galicia donde depositaba, regularmente, cada bolívar conseguido. Los motivos de esta cuenta en la entidad gallega no eran patrióticos; obedecían a la prudencia. No quería levantar sospechas entre los que lo rodeaban sobre el capital que pudiera tener. En Ciudad Bolívar mantenía abiertas un par de cuentas con el objetivo de distraer la atención y hacer ver que sus beneficios no eran tan cuantiosos como podía sospecharse. Y es que Pedro temía a la envidia; le parecía el peor enemigo de un hombre. Ostentar era una forma de crear una envidia insana que solo le podría perjudicar. Por esta razón sus hábitos apenas cambiaron desde que llegó al país.

En las cuentas locales solía depositar Gregorio, y alguna de ellas hasta la podía manejar con total libertad. Pero los giros a Galicia eran asunto privado. Se permitió ciertas libertades a raíz de conocer a Berta. Con ella, y por ella, quiso construirse una vida paralela y ajena a las minas.

4 ¿Qué buscan con tanta *santidade*?

𝓑erta era la menor de ocho hijos de una humilde familia de pescadores que había prosperado a partir de los escasos ahorros que el abuelo consiguió como marinero. Este hombre, patriarca de la saga de la que descendía la que sería mujer del gallego, era de carácter previsor y, por ello, supo invertir lo conseguido, con sacrificio en el mar, en una tienda en Corcubión, puerto marítimo cerca del cabo de Finisterre y, más tarde, ampliar sus horizontes a La Coruña. Hombre generoso y familiar, ayudó a sus hermanos y forjó una tradición donde los integrantes de la familia se ayudaban a independizarse, realizando alguna actividad relacionada con el comercio o siguiendo estudios a nivel profesional, medio o superior. Berta, siguiendo la tradición, había decidido, desde temprano, su camino en la vida: cursó estudios en un internado de la Coruña, donde una tía monja ejercía como maestra, con la idea de continuar formándose como religiosa.

Al finalizar la secundaria, y tras demostrarse que no tenía vocación para tomar los hábitos, como en un principio había pensado, y su familia deseaba, se mudó a la casa de un tío abogado, funcionario en el Ayuntamiento de Santiago de Compostela, y se matriculó en Idiomas en la prestigiosa universidad de esa ciudad. En 1966, un año antes del encuentro, obtuvo la licenciatura en Filología inglesa y comenzó a trabajar como profesora en su antiguo instituto.

Por su parte, durante la primera época de su estancia en Venezuela, Pedro se escribió con María Dolores, la novia que dejó en el pueblo. Con el tiempo, dándose cuenta de que no se sentía suficientemente seguro para concretar la relación, decidió romper. Cuando, finalmente, después de diez años, regresó de visita a Galicia por primera vez, la joven ya estaba casada y tenía dos hijos. El encuentro de los antiguos amantes estuvo rodeado de una atmósfera de callados reproches y frío distanciamiento. Pero al «americano», como lo llamaban sus paisanos, no le faltó consuelo. A pesar de no alardear de riqueza, sus antiguos vecinos percibieron que estaba acostumbrado a manejar dinero en cantidades inusuales entre ellos en aquella época. Esto, junto con un cambio de moneda extremadamente favorable para el bolívar, lo convirtió, en su medio, en un hombre mundano y atractivo a los ojos de las chicas casaderas. A todo esto se añadía un saber estar innato y un cierto conocimiento de la vida que rebasaba las fronteras de su tierra chica. Estas razones contribuyeron a atraer a su futura cónyuge.

El verano del 1967 marcó un hito en la vida de nuestro protagonista. Por primera vez, después de años, se sentía en el paraíso al lado de la joven universitaria. No disimulaba su felicidad y, por el contrario, gustaba de manifestarla a amigos y extraños. A su vez, Berta fue la moza más envidiada del contorno; había logrado conquistar al mejor partido del verano. La joven, corriente y razonablemente bonita, destacaba por tener una presencia agradable y un trato amable y cálido que, inmediatamente, hacían que cualquier persona se sintiese bien en su compañía. Y, en el caso de Pedro, que ya había perdido la costumbre de sentirse en un ambiente sencillo, provinciano y acogedor, se dejó atrapar por el encanto del momento y las circunstancias.

El entusiasmo de la pareja no era compartido por sus padres. Los padres de Berta no olvidaban que el pretendiente de su hija venía de una familia vecina muy humilde y que años atrás tenía un futuro poco halagador como ebanista en el negocio de su tío. De tal manera que su nueva situación económica les merecía ciertas reservas; una fortuna adquirida en tan poco tiempo, aun en América, les intranquilizaba. No obstante, Berta no hizo caso a las observaciones paternas e inició una relación abierta que, en escasos dos meses, se formalizó. A pesar de ello, el esperado retorno de Pedro a Venezuela se cristalizó, para tranquilidad de su futura familia política que, esperanzadamente, supuso que la distancia convertiría aquel noviazgo veraniego en un romance pasajero.

El regreso a América complació también a la madre de Pedro. Si bien a los parientes de su novia les disgustaba la idea del enlace, tampoco merecía la aprobación de la anciana. María, mujer curtida en el trabajo del campo y las vicisitudes de una vida difícil, había aprendido a desconfiar de todos aquellos que tuviesen mucho apego a la Iglesia. «Tanta monxa e tanto crego nunha familia no me encarta. ¿Qué buscan con tanta *santidade*? ¿Lavar os seus pecados? ¿Ou é unha maneira de vivir da igrexa?», murmuraba en la penumbra de la cocina, delante de la *lareira* donde ahumaba los chorizos de la matanza. «Deixa a esa rapaza. Búscate outra», le dijo al hijo, pero cuando se dio cuenta de que estaba enamorado, reservó los vaticinios de mal agüero para sus adentros. No obstante, su retorno a América la hizo abrigar la idea de que nunca los vería casados.

Pero Pedro regresó a Venezuela con el firme propósito de prepararse para recibir a la que, estaba seguro, sería su esposa muy pronto. Contraviniendo todos los pronósticos de ambas familias, adquirió, con prontitud, una quinta, rodeada de jardines y un alto muro, en Ciudad Bolívar. Por primera vez en su vida quería deslumbrar a una persona. Y por esa razón no reparó en el precio de la casa construida en el más puro estilo colonial criollo: un gran patio interno a la usanza de las casas señoriales de la Colonia, como había conocido en Caracas, y una enorme cocina abierta a un jardín repleto de flores y árboles frutales. En la rama de un árbol de mango colgó una jaula con una guacamaya. Este gesto parecía augurar la felicidad que esperaba en los días venideros a la pareja.

En diciembre de ese mismo año se casaron en la iglesia parroquial del pueblo coruñés, en una ceremonia que ofició el tío de la novia. Tras la recepción, en uno de los restaurantes de los contornos, los contrayentes volaron desde el aeropuerto de La Bacoya, al de Barajas en Madrid, y desde allí al Simón Bolívar en Maiquetía para, posteriormente, dirigirse hacia el sur de Venezuela.

Pronto la joven estudiante de idiomas se dio cuenta de que su existencia de casada se reducía a pasar largas jornadas en solitario mientras su marido iba a atender sus negocios en un pueblo del que no sabía nada. Al principio no entendía sus ausencias. Le era difícil creer que las minas pudiesen estar tan alejadas que lo obligasen a permanecer, primero, tres y cuatro días, más tarde una semana y hasta dos. Por su parte Pedro le contó, parcialmente, la verdad sobre sus negocios. Le mencionó la parte referente a la búsqueda de oro y aquella que se relacionaba con un servicio de comida para los mineros. Sobre las prestaciones nocturnas de bebida y sexo no hizo ningún comentario.

5 | ¡Pa to eso hacen falta muchos papeles!

$\mathcal{L}$os días comenzaron a sucederse con monotonía en la vida de Berta. Buscó la manera de ocuparse para que las ausencias de Pedro fuesen menos dolorosas. Extrañaba a su numerosa familia, las reuniones con hermanos, sobrinos y cuñados. Con cada nueva primera comunión o boda se iniciaba una retahíla de múltiples añoranzas. Para paliar su morriña y soledad trató de integrarse en la sociedad guayanesa, buscando la amistad de otras mujeres. Pero, a pesar de sus esfuerzos, no lograba superar la sensación de vacío y, debido a ello, comenzó a inculcarle a Pedro, sin éxito, la idea del retorno a España. Así pasaron seis años durante los cuales nació su única hija, Cristina. A partir de ese momento, y en previsión de lo que pudiese suceder, procuró evitar otro embarazo.

En la soledad del hogar, la única compañía de la joven gallega era María de la Concepción, una voluminosa negra contratada por Pedro para realizar las tareas domésticas. María de la Concepción era oriunda de uno de los pueblos de los alrededores de la capital del estado. Separada de su marido, había dejado a sus cuatro hijos en compañía de su madre. Estaba muy agradecida con el *doctor*, como ella llamaba a Pedro, a la usanza de la gente humilde de la época que otorgaban este título a todo aquel que consideraban superior. La mujer se sentía apreciada, tanto económica como moralmente.

María de la Concepción se convirtió en el tema favorito de las cartas de Berta a su familia, dado que las circunstancias sociales de la mujer le llamaban poderosamente la atención.

—Pero, ¿cómo es que tienes que mantener sola a tus hijos, María de la Concepción? —preguntó ingenuamente Berta en alguna ocasión— ¿Dónde está su padre?

—¡Viviendo con otra! —contestó con claridad la joven—. Nos abandonó teniendo yo en la barriga al último, María del Rosario.

—Pero, ¿cómo que te dejó por otra? —preguntó Berta.

—¡Más joven, doña! Quince años tiene la condená y dicen que ya está preñá...

—¿Ustedes están unidos legalmente? —quiso saber Berta, al tanto de que las uniones de hecho, mas no de derecho, eran frecuentes entre la población local, costumbre desconocida, en aquel momento, por la mayoría de la sociedad española.

—¡Sí, señora! —contestó ofendida la interpelada—. ¡Como Dios manda! Por la Iglesia y to. ¡Pocas por aquí pueden decir eso! Mire nada más a la zagaletona que está con mi marido; arrejuntá, como una cualquiera. ¡Porque él no me ha pedido el divorcio! Ni tampoco yo se lo daría. Pa mí se terminaron los hombres. ¡Mis hijos y nada más!

Pronto Berta se percató de que las circunstancias de María de la Concepción se repetían con frecuencia entre las mujeres locales. La irresponsabilidad del varón criollo para con su progenie hacía que muchos niños dependiesen solo de la madre. Por esta misma causa, Berta trató de convencer a su empleada para que procediese legalmente y reclamase el derecho que tenía de recibir una pensión de su cónyuge. Había que comenzar a sentar precedentes. Pero María de la Concepción no sabía nada de leyes y, de solo pensar que iba a estar metida entre tanto papel que no entendía, se mareaba.

—¡Y yo no sé leer ni escribir! Pa to eso hacen falta muchos papeles. ¡No! ¡No! Yo no entiendo na de to eso.

De esta manera, María de la Concepción, igual que tantas otras mujeres, dejó tranquilo al padre de sus hijos y solo muy de vez en cuando, solía mendigarle una ayuda para sacar adelante a la prole. Berta estaba admirada de su valor, así como de la solidaridad del resto de los componentes femeninos de la familia. Si no fuese por su madre y hermanas, no hubiese tenido con quién dejar sus vástagos. De todo esto solía escribir en las cartas que enviaba a su familia, y las pocas veces que Pedro estaba en casa, también era tema de conversación. Así fue como María de la Concepción pudo tener con ella al benjamín de sus hijos, María del Rosario, quien, siendo prácticamente de la misma edad de la hija de sus empleadores, se criaron juntos. Y es que Berta creyó que sería un crimen que su criada no permaneciese al lado de su niño recién nacido, privándole del afecto de su madre a una edad tan temprana. Al principio intentó que la mujer tuviese a su lado a los tres más pequeños.

—¿Qué quieres? ¿Qué llenemos la casa de mocosos? —le increpó Pedro cuando comenzó a abogar por esta idea— ¡Bastante la hemos ayudado dándole trabajo!

También intentó, vanamente, aconsejar a María de la Concepción para que pudiese conseguir la asistencia económica de su marido a través de la presión de su jefe.

—¡No puedo hacer lo que me pides! ¡Es la mujer de Gregorio, mi empleado de más confianza! ¡Los problemas que tengan María de la Concepción y Gregorio no nos competen!

—Entonces, ¿por qué le diste trabajo en nuestra casa? —preguntó Berta.

—Porque es una buena mujer, porque tú necesitabas una persona que se encargase de las labores de la casa y porque su madre vino a pedirme ayuda después de que fue abandonada por Gregorio. Igual que tú, pensó que yo podría hablar con él para hacerlo entrar en razón.

—¡Ese hombre merecía que lo despidieras!

—¡Posiblemente! Pero, si es mal padre y mal marido, no es mal empleado. Me es fiel y cumplidor y esto, Berta, aquí vale mucho. Además, en este país hay un cuarenta por ciento de niños abandonados por su padre, lo que nos demuestra que pocos hombres saben ser responsables con su pareja y sus descendientes, y ni tú ni yo vamos a solucionar este problema.

—Pero podrías tratar de que le pase algo de dinero a su mujer...

—Veré qué puedo hacer. Pero no prometo nada...

De esta manera, Berta no pudo hacer más por su empleada, a pesar de lo cual ésta se deshacía en gestos de agradecimiento. Cuando alguna de las hermanas pasaba de visita iba provista de una buena ración de dulces caseros cocinados por la madre: una conserva chorreando melado, una quesadilla con queso por encima, merengues, arroz con coco, gofios, meloncitos azucarados... Por su parte Berta, cada vez que salía, compraba alguna que otra prenda de vestir para los niños. Con el tiempo Pedro decidió dar a Gregorio un aumento de sueldo que entregó, íntegro, a María de la Concepción.

—¡Es para tus hijos! ¡Tienen que comer! —le dijo a su subalterno. Gregorio bajó la cabeza y acató la decisión. Total, sin ese ingreso ya había estado. No lo iba a echar en falta.

Así iban pasando los días en la Bachaquera, nombre de la quinta comprada por Pedro al portugués, entre los pañales de Cristina y María del Rosario. A pesar de la ayuda recibida por parte de Berta, María de la Concepción jamás le dijo a ésta que el negocio en Las Guadalupes era, además de restaurante, un prostíbulo. La negra se había dado cuenta de que su señora conocía las actividades de su marido a medias. En relación con este tema le había comentado a su madre: «Yo no voy a ser la que le dé ese disgusto. Porque, ¡estoy segura!, se va a disgustar muchísimo. ¡Si lo sabré yo! Tiene colocados en la sala de la casa los retratos de una hermana y dos tías monjas, un tío cura y un hermano fraile. Con todo este repertorio familiar yo no sé cuál va a ser el sarao que se va a armar cuando se entere a fondo de lo de *El Finisterre*. Y no se equivocó la negra. Su ama se enteró por otros medios.

Berta, como correspondía a su formación religiosa, asistía a misa regularmente y, paulatinamente, se había incorporado a los grupos pastorales formados por mujeres, honorablemente casadas, y de buena posición. Pronto destacó por su generosidad y desprendimiento, lo que le valió el aprecio de sus compañeras. Como extranjera había sido vista, en principio, con ciertas reservas que a Berta le habían parecido naturales, pero jamás pensó que, detrás de las mismas, se ocultaban otras razones. Un día, clasificando la ropa donada para distribuirla entre los más desfavorecidos de los pueblos cercanos, doña Gertrudis, una maestra de escuela, le comentó descuidadamente:

—¡Hay que ver, doña Berta, lo cristiana y caritativa que es usted! Por eso no se debe nunca juzgar al prójimo sin conocerlo. ¡No somos Dios para condenar a nadie!

—¿Qué quiere usted decir, doña Gertrudis? ¿Por qué tendrían ustedes que juzgarme o condenarme? ¿Por ser extranjera? —preguntó Berta con tono quedo, tratando de no parecer sarcástica.

—¡No hija! Este es un país acogedor con los extranjeros —replicó la maestra.

—¿Entonces...? —inquirió Berta intrigada.

—Pero, ¿cómo pregunta...? ¡Por las actividades de su marido...! —profirió de sopetón su interlocutora.

—¿Qué actividades? —volvió a inquirir Berta, sorprendida por la respuesta.

—¿Cómo...? ¡No se haga la ingenua...! —contestó doña Gertrudis con ironía.

—¿La ingenua...? —atinó a responder Berta sintiendo que la sangre se le helaba en el cuerpo. Por su parte, doña Gertrudis abrió la boca y ya no fue capaz de continuar. La palidez de Berta la asustó.

—Nada, olvide lo que he dicho... —indicó, lamentándose de lo que había comentado.

—¡No lo olvido! ¡Usted tiene que terminar de decirme...! –logró proferir con desesperación la joven mujer de Pedro, viendo que su informante se negaba a continuar con la revelación que había comenzado.

—¡Si insiste...! —comentó doña Gertrudris sin convicción ninguna, recriminándose internamente por su falta de tacto y asombrada de la ignorancia de la forastera. —¿No sabe que su marido es el dueño de uno de los prostíbulos más concurridos de Las Guadalupes?

La antigua aspirante a religiosa sintió que se iba a desmayar en ese mismo lugar. Apoyándose en la mesa que las separaba, logró decir con serenidad...

—Mi marido es el dueño del bar *El Finisterre*, un respetable restaurante del pueblo minero Las Guadalupes, según tengo entendido —su voz apenas lograba hacerse oír.

—¡En esos pueblos mineros no hay nada respetable! —replicó la maestra de escuela con acritud. —Y *El Finisterre* es uno de los prostíbulos de mayor éxito en todo el contorno de las minas. En él trabaja Mimi, una francesa que es la puta más famosa de la región.

Berta se quedó mirando con estupor a la mujer... No podía continuar de pie... Tenía que sentarse... Con ganas de vomitar, pidió permiso, según la costumbre criolla, y se retiró del lugar alarmada por la revelación: ¡se había casado con el dueño de un prostíbulo!

Pronto una de las presentes, que había escuchado la conversación, como todas las que allí estaban, fue con el chisme a don Pablo, el párroco de la iglesia, quien inmediatamente se dirigió al lugar para recriminar a doña Gertrudis.

—¡Pero, parece mentira mujer que tú te hayas ido de la lengua de esta manera! —le recriminó.

—¡Y yo qué iba a saber que esa pobre infeliz no sabía cómo gana el dinero su marido! —se excusó con tono lastimero la interpelada.

—¡Pero hija...! ¿No veías lo diferente que es ella de él? Desde que llegó a la ciudad no ha dejado un domingo de frecuentar la iglesia, se ha incorporado a nuestras actividades caritativas y, a mí me consta, proviene de una familia que mayoritariamente se ha consagrado al servicio del Señor... ¡Tenías que haberte dado cuenta de que ella no sabía nada! ¡Como todos los que estamos en esta habitación! —argumentó el cura conocedor, por intuición, de cuál era la situación familiar de su feligresa.

Don Pablo, que había conocido al tío de Berta durante su estancia en el seminario, estaba también sorprendido de encontrarse en plena Guayana a la sobrina del clérigo casada con el dueño del prostíbulo más conocido de las minas. En su fuero interno no podía reprochar la conducta de Gertrudis; la presencia de Berta en la parroquia era motivo de morbo e intriga entre sus feligreses, y cuanto antes terminase mejor.

—¡No me reclame padre...! ¡Fue sin querer...! —se lamentó la maestra.

—¡Sin querer...! —con esta exclamación y elevando las manos al cielo, dejó la estancia el prelado. Gertrudis se quedó cabizbaja, sabiendo que era el centro de las miradas reprobadoras de sus compañeras.

—¡Esta pobre! Seguro que no vuelve más... ¿Vieron cómo se le transformó la cara? ¡Nunca observé en un semblante tanta vergüenza! —comentó una del grupo mientras seguía con su tarea.

—¿Tú crees? Estos gallegos que vienen a enriquecerse como sea no saben tener vergüenza. ¡Todos son iguales! —expresó otra cuya opinión sobre la recién llegada era mucho más severa debido a la historia que la precedía.

—¡No hables así, Rosa! También don Pablo es gallego y mira, aquí estamos con él dedicándonos a menesteres bien diferentes —apostilló la anterior.

—Don Pablo no es gallego, es aragonés, y en todo caso no es lo mismo. Cada uno de ellos ha venido a este país con objetivos distintos. Rosa tiene razón. Pero de todas maneras, ¡esta pobre mujer se ha llevado un disgusto...! Definitivamente, no se parece a su marido —puntualizó una tercera.

Efectivamente, el descubrimiento que acababa de realizar trastornó a Berta. No podía imaginar que hubiese permanecido tan engañada. ¿Cómo Pedro había podido mentirle? ¡Qué vergüenza! ¡Y las mujeres de la parroquia lo sabían todo! ¡Y don Pablo! ¡Y María de la Concepción! ¿Qué dirían sus padres si llegaban a enterarse? ¿Y sus tías y sus hermanos? Imaginarse a su marido en una atmósfera comercial del sexo le desagradaba y le desilusionaba. No hubiese relacionado jamás a Pedro con este tipo de actividades. ¿Cómo había podido caer tan bajo?

—¡María de la Concepción! —gritó al entrar por la puerta de la casa.

La empleada salió a la sala con su pelo *chicha* recogido en una pequeña coleta y con un enorme delantal blanco que cubría su voluminoso abdomen, mientras se secaba las manos con un trapo de cocina. Sus grandes ojos negros parecían haber crecido con el asombro; la forma de llamar de su ama presagiaba tormenta.

—¿Sabías algo acerca de que *El Finisterre* es un prostíbulo? —preguntó Berta tirando el bolso sobre uno de los sofás de la estancia.

—¡Ay, mi Dios! ¡Se lo han dicho! ¡Yo sabía que algún día tenía que pasar! —exclamó la criada con un gesto de desesperación.

—Entonces... ¡es cierto! —sentenció Berta viendo cómo su última desesperada esperanza de que todo fuese mentira se desvanecía.

—¡Señora...! ¿Qué le puedo decir pa que se tranquilice?—clamó la negra, estrujando en sus manos el paño de cocina.

—¡Tú lo sabías y no me habías dicho nada! —reclamó Berta a gritos.

—Yo no quería que usted se disgustara..., porque... sabía que usted iba a reaccionar ansina —dijo la negra con un rictus de pena en su cara que no pasó inadvertido a Berta. No le gustó que su subalterna la compadeciese... Su orgullo se rebeló.

—Está bien, María de la Concepción... sigue con lo que estabas haciendo... Ya conversaré de todo esto con el señor Pedro cuando regrese.

La voz de Berta se diluyó en un tono apagado que se perdió en la amplia estancia, mientras dirigía una triste mirada, enturbiada por las lágrimas, al retrato de su tres tíos: las dos monjas flanqueando, orgullosas, una a cada lado, al cura vestido con la sotana negra y el alzacuellos. Se le antojó que la imagen de los tres, inmóvil, la juzgaba: «¡Si hubieses escuchado a tus padres!».

La negra reprimió un suspiro, al tiempo que salía de la estancia, no sin cierto alivio. Enfrentarse al ánimo alterado de su patrona le incomodaba. Mientras la criada se retiraba a la cocina, Berta se quedaba en la sala inmersa en un mar de dudas. A su mente regresaba la escena con doña Gertrudis en la parroquia; veía delante de sí la cara de su interlocutora, su expresión... y, con las mismas, rememoró la charla que tuvo un día con Pedro a propósito de su colaboración con el padre Pablo.

—¿No te parece que esa labor de caridad debías dejarla para otras señoras? Podría ocurrir que no fueses bien recibida por ser extranjera —había argumentado.

—¿Fuiste tú mal recibido en las minas? ¿Dejan de ir a tu establecimiento porque eres gallego? Si quiero revertir en esta tierra algo de lo que nos da, ¿por qué se han de oponer? Además, el padre Pablo es español —replicó Berta sorprendida.

—Está bien, querida. Tienes razón. Haz lo que consideres conveniente —convino después de un corto silencio.

Berta creía evocar una cierta actitud extraña que se traslucía en su expresión, en su parquedad al hablar de sus visitas a la parroquia, signos que atribuyó, en su momento, a un cierto agnosticismo que percibía en su marido. Era evidente su desapego, no solo a la Iglesia y sus prácticas, sino también a todo tipo de creencia sobrenatural. Pero ahora se le antojaba que, independientemente de su distanciamiento de lo religioso, en el fondo se ocultaba el temor de que algún día ella fuese víctima de una revelación como la de aquel lunes por la mañana.

Pedro había pasado el fin de semana en la ciudad y recién ese día había regresado a Las Guadalupes donde, posiblemente, permanecería una semana, hecho éste que permitió a Berta reflexionar detenidamente sobre lo sucedido. Al llegar el fin de semana y ver que Pedro no regresaba, fue a hablar, con el deseo de despejar sus dudas, con el padre Pablo. De camino hacia la iglesia, Berta tenía ya la certidumbre de que su matrimonio estaba herido gravemente.

A partir de ese momento no pudo evitar que en sus cartas se transluciese una tristeza profunda que no pasó desapercibida a sus padres que, deseando investigar en sus motivos, prepararon un viaje de reconocimiento al hogar de su hija. Cuando el matrimonio llegó a la Guayana venezolana, ya entre la pareja no quedaban secretos; se habían dicho todo lo que tenían que decirse. Berta no ocultó su disgusto y Pedro, como macho que se sentía dueño de su destino y del de los suyos, también había dejado claro que el rumbo del velero de su vida no sería modificado.

En presencia de sus padres, Berta procuró disimular para que no se percataran de los desacuerdos en su matrimonio. Pero su profundo abatimiento fue tan evidente para sus progenitores que, pese a su muy tradicional manera de pensar, no dejaban de valorar el posible retorno de la pareja a Galicia. «Pedro podría abrir un negocio en La Coruña». Pero el punto ya había sido tocado y estaba claro que el yerno no lo tomaba en cuenta. Entonces, viendo la soledad en la que quedaba su hija durante semanas, convencieron a Berta para que regresase sola: «Si él te quiere, te seguirá», le habían dicho.

6 ¡Parece tan mosquita muerta!

*D*espués del regreso de su esposa a Galicia en 1972, el despecho hizo que Pedro cayese en los brazos de la primera mujer que le conocieron los pobladores de Las Guadalupes. Fue una sorpresa para todos los que lo conocían. Jamás se había visto al precavido gallego, dueño de *El Finisterre*, caer en las redes de una hembra. Por primera vez demostraba que, igual que los demás, su carne era débil.

Isabel, la responsable del acontecimiento, había sido, primero, ayudante de cocina, y luego la cajera del negocio. Su madre, una prostituta muy conocida de la población, la había llevado, con solo 10 años, para emplearla en la barra del bar. La corta edad de la chica despertó el sentido moral de Pedro, que estuvo a punto de rechazarla pero, pensó, si lo hacía, su madre, que seguramente necesitaba dinero, la empujaría a prostituirse en cualquier esquina; así que decidió que la resguardaría en la cocina. Con el tiempo, le asignó la tarea de estar a cargo de la caja registradora.

—Tu obligación en este bar es aprender a cocinar. ¡No lo olvides! Si te dedicas a otros menesteres es problema tuyo —le dijo el día que aceptó su presencia entre sus empleados. De esta manera dejaba zanjado el dilema al que lo había enfrentado la madre, sin saber que ello lo convertía en el hombre de la providencia en la vida de Isabel. Tampoco se percató de que la niña, resentida y acostumbrada a ser tratada con pocos miramientos, quedaba, por golpe de gracia, prendada de su persona. Lo cierto es que los pobladores de Las Guadalupes nunca se aclararon, en los chismorreos que circulaban años después, el porqué Isabel no cayó, como la mayoría de las que crecían en aquel ambiente, en la prostitución. Era difícil creer, aun en la distancia, que aquella chiquilla hubiese permanecido impoluta en un ambiente degradado y degradante durante tantos años. Y más increíble era pensar que no hubiese caído, violada, en las garras de algún degenerado. El marco era, indudablemente, ideal para que esto hubiese ocurrido. Pero los hechos no siguieron este curso, por imposible que parezca.

La historia de Isabel comienza con la de Segismunda, sufrida mujer de Santo Domingo, pueblo idílico de los Andes venezolanos, que, a los quince años, quedó embarazada de un vecino comprometido en matrimonio con otra joven. La familia, para evitar la vergüenza, la envió con unos familiares maternos a Barinitas, localidad cercana perteneciente al estado Barinas. Allí arreglaron, precipitadamente, su matrimonio con un viudo dueño de la única botica de la villa, veinte años mayor, con cinco vástagos.

Tras casarse, y después de nacer Cecilia, la primogénita ilegítima, Segismunda comenzó a parir un hijo tras otro, de tal manera que a los 30 ya tenía seis. Una familia tan numerosa obligó a Cecilia, de carácter débil y retraído, a buscarse el porvenir lejos de casa con solo dieciséis años. Para ello el padrastro la mandó a cuidar de su madre enferma en Barinas, capital del estado del mismo nombre.

En la misma casa de la anciana vivía su hijo menor con su mujer y sus retoños. Este hombre era un moreno presumido, pretencioso, pendenciero, con fama de no respetar a ninguna hembra. Fama que le gustaba alimentar, pues según decía «gallo que no corretea gallina, no es gallo». Machista y sin escrúpulos, a la usanza entre los representantes del llamado sexo fuerte, y siendo fiel a su prestigio, se dedicó desde los primeros días a perseguir a la recién llegada por los corredores y patios de la vivienda de una sola planta. Cecilia logró esquivarlo hasta que un día, a la «hora del burro», como coloquialmente era conocida la primera hora de la tarde en la zona, aprovechando que estaban solos, éste logró arrinconarla en una de las habitaciones del ala más retirada de la casa y, tapándole la boca con la palma de la mano, la tumbó sobre la cama y consumó lo que con tanto ahínco había buscado. Cecilia apenas atinó a comprender qué pasaba; quiso quitarse de encima aquel hombre que la aplastaba, pero no pudo con el peso y fue entonces cuando sintió cómo le arrancaba, con una de sus enormes manos morenas, las prendas íntimas, le abría las piernas y le metía algo duro entre ellas, primero, y a través de su vagina después. Quería gritar. Aquello le hacía daño dentro de su cuerpo, le quemaba rasgándole la piel y, entonces, comenzó a llorar. De pronto el hombre cayó desmadejado, aplastándola; se mantuvo quieta, temerosa de lo que pudiese ocurrir a continuación. Al rato, para su sorpresa, dejó de sentir la presión de aquel enorme cuerpo, pero no se movió hasta que él se levantó totalmente, se subió los pantalones y se dispuso a salir de la recámara, no sin antes decirle en voz baja, pero autoritaria: «¡Arréglate! ¡Que nadie te vea así! Y si alguien se entera de esto, ¡prepárate!».

Tumbada sobre el lecho, con el cuerpo dolorido por la lucha que había mantenido para sacarse de encima aquel otro que la sometió, Cecilia no atinaba a incorporarse. Sentía ardor entre las piernas y un líquido que le bajaba por los muslos. Lo tocó: era espeso. Elevó la mano sobre su cara y se dio cuenta de que era sangre. Con dificultad se incorporó y, procurando no ser vista, buscó el baño más cercano para limpiarse. Con el bajo del vestido se secó las lágrimas que le caían a raudales bañando, copiosamente, sus mejillas. En el futuro, Cecilia no volvería a llorar como ese día.

A partir de ese momento, y a pesar de que la joven evitó encontrarse a solas con su agresor por el miedo que le inspiraba, éste la persiguió con más empeño si cabe, consiguiendo someterla en diversas ocasiones, incluso en su propio catre en horas de la madrugada. El resultado no se hizo esperar: el vientre de Cecilia comenzó a crecer y a ponerse duro a la vista de todos. Cuando no fue posible mantenerlo por más tiempo oculto, ya Cecilia estaba a punto de dar a luz. El desalmado reaccionó armando un gran escándalo, acusando a su víctima de liviandad. «¡Descarada! ¡Perdida! ¡Te vas! ¡En esta casa no queremos mujeres de la calle!».

—¡Qué extraño! —comentó su mujer— ¡Parece tan mosquita muerta! Y apenas ha salido y no se le conocen amigos. Si no fuese porque lleva con nosotros más de un año, creería que ya vino preñada.

—¡Cállate! ¿Qué sabes tú de las triquiñuelas de estas sinvergüenzas para ocultar sus malas conductas? Una gallina cuando es puta no necesita salir del corral para conseguir gallo que la monte. Pudo acostarse con el que trae las bombonas de gas, mientras estábamos fuera, o con el repartidor del agua —replicó airadamente, temiendo que siguiera especulando hasta llegar a lo que realmente había sucedido. Con anterioridad, ya había prevenido en voz baja a Cecilia: «Si se te ocurre decir algo te meto un *carajazo* que te desinfло de una vez». Mientras, en voz alta, delante de toda la familia, sentenció—: ¡A callarse! En esta casa no se habla más de lo sucedido. ¡Se marcha y punto!

Una vez arrojada del domicilio, Cecilia solicitó refugio a un viejo párroco que había conocido cuando asistía los domingos a misa. El clérigo le ofreció refugio a cambio de hacer la limpieza en la iglesia y dependencias anexas. «Pero recuerda que esto es temporal. Tienes que buscar una solución definitiva a tu problema. ¡Ay, hija! ¿Por qué serán las mujeres de hoy tan casquivanas?».

Cuando nació Isabel, la situación se tornó aún más difícil para trabajar y sacar adelante a la recién nacida. Por ello, tras resistir un tiempo, terminó por regresar a Barinitas, sin atreverse a contar la verdad a su madre y su padrastro. De esta manera, la infeliz aceptó las palabras que, con acritud, le dirigió el marido de su progenitora: «Nos encargaremos de la pequeña, pero tú tendrás que buscarte la vida y, de ahora en adelante, vigilarás mejor tus pasos. ¡No regreses a casa con otra carga! ¡No la vamos a recibir!». De esta manera Cecilia partió, una vez más, pero en esta ocasión sin rumbo fijo y con la promesa de que enviaría dinero para ayudar a sustentar la consecuencia de su pecado. Con este propósito recorrió un largo camino que la llevó al estado Bolívar donde, al principio, consiguió empleo limpiando un bar hasta que, paulatinamente, fue comenzando a adentrarse en el mundo de la prostitución, alentada por otras mujeres que habían pasado por circunstancias similares. «Como criada no vas a ganar suficiente para vivir y mandarle dinero a tu hija», le decían las nuevas amigas que había conocido en el trabajo. «Además, siempre estarás expuesta a que el dueño de la casa te quiera montar». Sin embargo, con tu piel blanca y pelo castaño, conseguirás reunir, en un día, el sueldo de una semana limpiando. Así te dejas montar cobrando buen dinerito por ello». Eran pobres argumentos de mujeres con una autoestima aún más pobre. Pero a Cecilia …la lograron convencer. A falta de mejores perspectivas, y con una clara falta de criterio, se dejó guiar.

Y sin duda en algo tenían razón. Cecilia, como auténtica representante de la zona de los Andes venezolanos, con su piel clara, sus ojos verdes y su pelo castaño, fue la sensación del prostíbulo. Ganaba suficiente para vivir, para mandar a la casa materna y para ahorrar. Se fue haciendo la ilusión de conseguir en su pueblo, o en cualquier otro, una pequeña tienda de víveres donde podría trabajar y, al mismo tiempo, criar a su hija. Así se lo dejaba saber en sus cartas a Segismunda.

Buscando ganar dinero más rápido embombando a algún minero, como había escuchado que se podía hacer, llegó a Las Guadalupes, donde se encontró con su verdadero ser: no era lo bastante astuta para engatusar a los clientes ni lo suficientemente fuerte como para permanecer impoluta ante los calores del amor; sucumbió ante la flecha de Cupido con un brasileño. Con él mantuvo una relación relativamente estable, llena de altibajos y expectativas frustradas que la enrumbaron a ahogar su desengaño y amargura en la bebida cuando la relación llegó a su fin. Dejó de mandar los bolívares a su madre para la crianza de Isabel. Pasaron los años, hasta que un día apareció una de sus hermanastras con la niña, de 10 años, por el poblado minero.

—Madre ha muerto de cáncer y padre no quiere saber nada de ella —le había dicho escuetamente.

—Por caridad: ¡llévatela! ¡Aquí no le espera nada bueno! —le había solicitado Cecilia en un destello de lucidez.

—¡Es tu hija! ¡A ti te toca salvarla!

Isabel, físicamente parecida a su padre, morena prieta y altiva, poseía un carácter recio que contrastaba con el de su madre, derrotada por la vida, y con el de su abuela, mujer débil y rezandera, poseedora de un sentimiento de culpabilidad permanente. Su temperamento le permitió, primero enfrentarse al rechazo del boticario y, posteriormente, al cosmomundo de hombres y mujeres del entorno minero. Asimiló su inmersión en Las Guadalupes como una experiencia de choque que la catapultó, en poco tiempo, de la infancia a la madurez. El enfrentamiento de dos ambientes tan opuestos entre sí, el moralista y cerrado de su abuela, con el corrompido que rodeaba a su madre, le hicieron desarrollar una temprana capacidad de análisis que le permitió discernir entre el negro y el blanco, y valorar la gama de los grises.

La necesidad la obligó a ser agresiva cuando la situación lo requería. Con sus diez años recién cumplidos descubrió que tenía que cuidarse de los clientes alcoholizados de Cecilia que pretendían violarla. Asumiendo una actitud bien diferente a la esgrimida por su infeliz progenitora en su día, se enfrentó al agresor de turno con botellas rotas: «Si te acercas te la encajo en las tripas», les decía. Al principio los amenazados creían que no sería capaz de cumplir lo prometido pero ella, dispuesta a llegar hasta el final, no dudaba en partir contra las paredes del rancho los envases vacíos, convirtiendo la estancia en un infierno de vidrios hechos añicos. «Eres el demonio en persona», le decían asustados viendo su determinación. «Si te atreves a tocarme te vas a arrepentir el resto de tu vida», aseveraba con obstinado convencimiento. De esta manera se dio cuenta de que la violencia que podía encontrar en su interior era la mejor arma para la autodefensa. Aprendió a diferenciar muy claramente el amigo del enemigo, brindando al primero la parte más amable de su ser y enseñando al segundo su dureza de sentimientos. Así, a simple vista, fue una niña, y posteriormente una mujer, de mirada torcida y palabra hiriente al primer golpe, que se dulcificaban ante aquellos que percibía no representaban peligro. Esto fue lo que le ocurrió con Pedro y Mimi, la prostituta francesa que, no se sabe cómo, había terminado viviendo en aquellas tierras.

7 | Sueña pajarito desvalido, sueña

*S*egún el decir de algunos, Mimi venía escapando de las autoridades a causa de un crimen que había cometido. Pero nunca se llegó a saber con certeza si eran solo habladurías o, en el fondo, el relato se ajustaba a la verdad, pues nadie la conoció suficientemente para poder enterarse de sus secretos.

La leyenda que la rodeaba decía que había sido la amante de un ministro del gobierno de la dictadura de Marcos Pérez Jiménez. Este hombre, entre otras propiedades, poseía un famoso restaurante en la capital en donde Mimi había encontrado trabajo como cajera a su llegada al país. El hombre quedó deslumbrado por la belleza y juventud de la francesa a la que no dudó, a pesar de estar casado y tener cinco hijos, en conquistar y convertirla en su querida. Fueron amantes durante cinco años, al cabo de los cuales Mimi decidió pedir cuentas: su juventud y belleza no tardarían en desaparecer, por tanto, esperaba algo más de su relación que le garantizase un futuro económico estable y digno. Ante este planteamiento el ministro decidió también ser claro: su relación no podía ir más allá de donde había llegado; no obstante, como agradecido amante decidió pagar con generosidad la lealtad de Mimi sugiriéndole aceptar un «paquete» completo que incluía la venta del restaurante —con amplias facilidades y a un precio especial— y el matrimonio con el cocinero, también francés.

El pasado del futuro marido de Mimi nadie lo conocía, pero si alguien hubiese investigado se encontraría frente a frente con un prófugo de la isla de Cayena, mejor conocida como la Isla del Diablo, lugar a donde Francia mandaba a sus presos más peligrosos. Mimi, ignorante de las circunstancias que rodeaban la presencia de su compatriota en el país, y en un momento de práctico realismo, decidió aceptar el ofrecimiento.

La pareja lo tenía todo para ser feliz y poder prosperar. Por lo menos así lo creyó Mimi, pero no contó con el carácter violento y machista de su socio, tanto en los negocios como en el amor. Su cónyuge, a consecuencia de sus desconocidos hábitos, convirtió pronto el establecimiento en un lugar conocido para la adquisición de cocaína, lo que redundó en un cambio de su imagen, provocando una baja de la clientela tradicional y un alza de otro tipo de asiduos, menos deseable a los ojos de la francesa. Todo esto, aunado a la incompatibilidad de objetivos vitales y costumbres de vida, convirtió la relación de pareja en un desastre de consecuencias imprevisibles.

En la intimidad, el exprófugo de la isla de Cayena se mostró como un hombre sádico. En sus relaciones íntimas trataba de puta a Mimi. Los maltratos físicos y sicológicos minaron a la francesa, que deseaba retomar el timón de su vida para enrumbarse a puerto seguro. Pero no le dio tiempo: durante una de las agresiones sexuales de las que solía ser víctima, en la desesperación, no midió sus actos, y en un momento de rabia y ofuscación, logró hacerse con la pistola de su agresor. Ya en posesión del arma, apretó el gatillo y la vació en el cuerpo del cocinero. Tras darse cuenta de lo que había hecho, su mente turbada la llevó a incendiar el local y salir huyendo. Después de lo cual, la historia llenó las páginas de los periódicos durante algunos días, hasta que el ministro, su examante, consiguió, con sus influencias, detener la investigación. El poderoso hombre buscó a su antiguo amor para conocer lo que había pasado pero Mimi, trastornada, inició una huida que, sin darse cuenta, la llevó a adentrarse en Las Guadalupes, pueblo en el que, entonces, ni la ley ni el orden tenían guardián ni bozal que les controlase.

De esta manera la francesa se convirtió en inquilina y compañera de Cecilia. Con el tiempo fue recuperando la cordura, pero no la autoestima. Cuando Isabel llegó, cultivó una relación amable con ella. Con su mutua compañía sustituyeron sus carencias; a la abuela desaparecida en el caso de la niña, y a la hija que nunca tuvo en la suya, en el caso de la francesa. Mimi le conseguía libros y revistas para leer a Isabel. Le enseñó los rudimentos del corte francés o, simplemente, conversaba con ella y la impulsaba a tener esperanzas en un futuro mejor, contradiciendo, con este mensaje, su actitud de derrotada en la vida. «Es cruel —le decía con su marcado acento— que un ser indefenso como tú termine como yo, o como tu madre, porque no ha tenido otra oportunidad. Procura no olvidar lo que has aprendido en la escuela, mientras estabas al lado de tu abuela, y prométeme que tratarás de salir de este hueco de miasmas que no tiene fondo».

Cuando hablaba, su voz y sus gestos denotaban resignación y amargura. «Si no fuese porque soy demasiado cobarde, me quitaría la vida. Pero no tengo valor y, por ello, debo soportar el sufrimiento de seguir en este mundo en el que ya no tengo fuerzas para buscar otro camino mejor. He estado escapando toda mi existencia: ¿para qué? ¿De qué me ha servido? Primero intenté huir de una infancia desdichada y llegué a Venezuela. Después... ¡No puedo más!».

Mimi trabajaba de noche, como todas las de su oficio, y dormía de día. No solía recibir en casa a los clientes. Tras despertarse ordenaba su ropa, preparaba comida y repasaba las matemáticas elementales con Isabel. No llegó a mudarse nunca. Su apatía y falta de motivación la impulsaban a no tener interés ni siquiera por conseguir un rancho para ella misma. Su única preocupación era ganar suficiente para sobrevivir. Tenía 36 años cuando llegó a Las Guadalupes y era, en ese entonces, con su delgada figura, su pelo rubio y ojos azules, una de las atracciones del local.

Con el tiempo llegó a tener una cálida relación de amistad con George, a quien acompañaba, a veces, cantando mientras él tocaba el desvencijado piano. Ambos compartían su melancolía y, posiblemente, una historia parecida. Sobre *El Finisterre*, Mimi le dijo a Isabel, en alguna ocasión, que era «un prostíbulo como otro cualquiera», pero Pedro no era un chulo al uso. «Humanamente, parece que comparte nuestra miseria. En su interior hay una historia parecida a la nuestra que lo ata a este mundo al que parece no pertenecer. Nos trata con dignidad, no como a animales despreciables, como hace la mayoría de los hombres que pasan por este pueblo. Y esto vale más que todo el dinero del mundo. Yo que ya no tengo nada, que perdí hasta mi amor propio, ¿qué más puedo desear? Además, el resto de los chulos, que suelen aparecer por aquí, le respetan. Permanecer a su lado es garantía de protección».

Inútiles fueron los esfuerzos de la adolescente por tratar de convencerla de que aún estaba a tiempo y que, tal vez, juntas, podrían buscar, más allá de las minas, un lugar mejor para vivir. Quizás si recurrían al ministro... insinuó Isabel, viendo en aquella antigua relación una forma de escapar de la vida que le esperaba. Era muy tarde, apuntó Mimi, el hombre había tenido que huir con su familia hacia España junto con el propio Pérez Jiménez... Vivían en Madrid a raíz del golpe que había derrocado al dictador en enero de 1958. Había seguido los acontecimientos a través de la prensa.

Por su parte Cecilia, trabajaba por libre. Nunca quiso pertenecer a la barra de un solo bar. «Los hombres me van a pagar lo mismo en una barra que fuera de ella; voy a tener que abrir las piernas de la misma manera que las abro consiguiendo los clientes en la calle; ¿cuál es la diferencia?». Aun manteniéndose en el ejercicio libre de la profesión, ella, igual que Mimi, se quedó tácitamente bajo la protección del dueño de *El Finisterre*. Había llegado a un acuerdo, sin mediar palabra, con Pedro. Hacía ver que estaba ligada al bar del gallego para que no la molestasen los dueños de otros establecimientos que iban surgiendo en los alrededores y que querían controlar a las prostitutas. Pasaba por *El Finisterre* si quería, pero no tenía obligación de hacerlo.

Isabel sentía que el ambiente que la rodeaba no podía ser más marginal. Deseaba huir de él. Su inteligencia le decía que lejos estaría a salvo pero, pensaba, ¿cómo podía huir siendo tan solo una niña? Sin demasiada experiencia, sabía que era peligroso. Tendría que conseguir la ayuda de alguien y mientras, para escapar de la atmósfera opresora de miseria que se cernía sobre Las Guadalupes, Isabel se aferró a una vida de sueños y esperanzas que la transportaban lejos. Todas las revistas que llegaban a manos de mujeres del pueblo, terminaban engrosando su archivo particular: fotonovelas, variedades, moda... Su contenido llenaba las horas muertas de encierro en el rancho, al mismo tiempo que moldeaban las escasas expectativas de un futuro mejor. A los 16 años había depositado en uno de los actores de fotonovelas más conocidos, todos sus anhelos amorosos. Era este un secreto celosamente guardado, incluso ante Mimi.

Posteriormente, con la llegada al país de cantantes de moda, comenzó una nueva etapa de enamoramiento platónico con uno de ellos. Durante horas se ensimismaba escuchándolo en la radio, o viéndolo a través del destartalado televisor en blanco y negro de la chabola. Sus ensoñaciones la imbuían de una vitalidad renovada que empleaba en cambiar los viejos y escasos muebles de lugar, remendar las sábanas desgastadas o confeccionar, a base de trapos rotos, recogidos aquí y allá, una colcha vistosa para el catre en el que dormía. Pero ninguno de estos cambios satisfacía las ansias de un hogar distinto al que tenía. Mimi observaba con interés toda esta actividad. Intuía su trasfondo y no dejaba de tener cierta angustia por la suerte de la adolescente. «Sueña, pajarito desvalido, sueña», se decía mentalmente. «Los sueños te libran de caer en la desesperanza que nos corroe por dentro a todos».

Por su parte, Cecilia solo percibía el movimiento de los objetos físicos: «¡Coño con tanta manía de cambio! ¡Ya no se puede andar tranquila por esta casa! ¡Cada día los trastos amanecen en una esquina diferente! ¿A qué se debe tanta mudanza?». Mimi sonreía, comprensivamente, ante la ceguera de una madre embrutecida: «Tú hija trata de hacer más agradable y acogedora la habitación». «¿Reubicando todos los días los muebles? ¡Estás tan loca como ella!».

A pesar de que Isabel no temía enfrentar a su madre, cada vez que la escuchaba gritar se desazonaba: siempre estaba temerosa de que se iniciase una discusión. Entre ellas la incompatibilidad surgía a cada paso y, por su parte, Cecilia sentía que dentro de sí emergía una gran agresividad reprimida cuando miraba el rostro de su hija: se le antojaba ver el semblante del padre acosándola, por los pasillos de la casa colonial de Barinas; tanto se parecían.

Isabel, a pesar de su fortaleza, percibía el rencor profundo de la mujer que le dio la vida y observaba, con tristeza, cómo éste crecía día a día, sin terminar de comprender el motivo. Miraba al pasado con nostalgia y recordaba a la abuela que se había empeñado en mantenerla pegada a su falda de manera enfermiza para protegerla del desdén de su marido, y de todos aquellos que la veían como la hija del pecado. Añoraba el cariño y el calor de aquella anciana que la había arropado en su más tierna infancia. Deseaba que su madre la quisiera con el mismo afecto, que tuviese la fuerza necesaria para luchar por ella y salir, de esa manera, juntas del pueblo buscando una vida distinta. Pero, sabía, todo eran esperanzas vanas. Su madre no sería nunca capaz de sobreponerse a su miserable naturaleza, ni siquiera por el amor de una hija.

De lo que nunca se enteró Isabel fue del sentimiento de culpabilidad que animó, durante el resto de su vida, a la anciana andina. En su lecho de muerte redactó una carta dirigida a Cecilia que le fue entregada por su hermanastra cuando llevó al pueblo a Isabel. Estaba segura, le confesaba la madre a su hija, que la presencia de aquella nieta era una muestra irrefutable de que su desliz lo estaba pagando ella con su vida. A medida que la nieta fue creciendo observó cómo los rasgos de la parentela del boticario se hacían evidentes en su rostro. Segismunda observaba, con terror, cómo cada día la niña se parecía más al hermano de su marido y, entonces, intuyó lo que había pasado años atrás, pero calló. «No supe nunca defenderte. Yo soy la culpable de lo que pasó. Estás pagando mi cobardía. ¡Qué injusticia!». En aquella carta la andina le reconocía a Cecilia que estos pensamientos impidieron que viviese con tranquilidad lo que le quedó de vida. Meditaba sobre la inutilidad de tantos años de rezar y pedir perdón a la Virgen y a su hijo crucificado. Pero aún así, indicaba, no había perdido la esperanza en sus oraciones. Era el único consuelo que le quedaba. ¡Quizás no tenía la fe necesaria! Ya lo decía el párroco: ¡Hombres de poca fe! Así que se prometió incrementar su devoción y seguir suplicando por un futuro libre de castigo, si no ya para su hija, sí para su nieta. «No viviré tranquila hasta que no lo vea», le decía a la imagen de madera policromada de la humilde iglesia del pueblo de Barinitas y se lo repetía en la carta dirigida a Cecilia.

Y era el cariño recibido de aquella anciana, que había vivido sus últimos años carcomida por la culpa, lo que mantenía a Isabel con fuerzas para ilusionarse esperando un porvenir mejor. Por ello, no es de extrañar que a los 20 años la presencia de Pedro en su vida fuese una manera de hacer realidad sus sueños. Ya no era un cantante o un actor, solo imagen en un papel o en una pantalla, era un hombre de carne y hueso con quien hablar. El hombre más importante de Las Guadalupes: el gallego. Símbolo, en el pueblo minero, de riqueza, poder y seguridad. Un enigma, admirado por hombres y mujeres, gracias a su intachable relación con los mineros y las prostitutas y, en todo momento, correcta, cumpliendo siempre lo acordado. Además era un hombre servicial, dispuesto a brindar su apoyo al que lo necesitase. Con su gran poder económico e influencia en el negocio del oro, resultaba siempre un apoyo para el que tuviese que recurrir a su ayuda. ¿A quién mejor que a él se podía aferrar en su último intento por escapar de ese mundo?

Su admiración por el que consideraba su protector, desde que a los diez años había comenzado ayudando en la cocina de *El Finisterre*, convivió un tiempo con sus ídolos juveniles, algunos de los cuales empapelaron, con sus fotos, las humildes paredes de su domicilio. Conociendo sus aspiraciones de elevarse por encima de la realidad, Mimi consideró que una labor productiva en su vida sería ayudar a la chiquilla, compartiendo y animando sus más caras ambiciones. Comenzaron escondiendo una pequeña caja de metal en un hueco de la pared de la habitación de Isabel. En ella iban guardando el dinero, producto de lo que distraían de los gastos diarios. Cuando consideraron que había suficiente para abrir una libreta de ahorro viajaron a Ciudad Bolívar y traspasaron la puerta de la sede del Banco Orinoco, donde lo depositaron. Aquel día fue motivo de regocijo y ambas, con una pequeña suma que habían apartado para la ocasión, fueron de compras por las tiendas de la ciudad. La posibilidad de que algún día Isabel consiguiese una vida diferente allende Las Guadalupes las ilusionaba.

Sin embargo, los años pasaron y todo siguió igual. Isabel pasó de la cocina a la caja de *El Finisterre* y Mimi continuó en la barra. Cecilia conseguía uno que otro cliente de vez en cuando y los cambios de lugar del humilde mobiliario vinieron a menos hasta desaparecer. La pubertad dio paso a la primera juventud y con ella los calores tropicales encendieron los deseos de la carne. Pedro se tornó, a los ojos de la joven, en un varón cada vez más atrayente, más seductor... En cada palabra o mirada que le dirigía, las pocas veces que lo hacía, creía ver la correspondencia que tanto anhelaba. Llegó a tal extremo la evidencia de su sentimiento, que terminó por ser percibido por el gallego. Aun así, pasaron tres años antes de que lo tuviese en cuenta.

En ese tiempo Isabel se fue asentando. Comenzó a mirar con más realismo su vida. Las ilusiones del pasado fueron dando paso a la valoración de los hechos concretos. Lo cierto es que desde que había llegado al pueblo no había hecho nada para irse de Las Guadalupes. Siempre tenía una excusa para retrasar la tan ansiada partida: primero su excesiva juventud, después la falta de dinero y, más tarde, el amor por Pedro... Pero, en el fondo, sabía que el miedo a lo desconocido había podido más que su ansia de libertad. Cecilia, y todas las historias de los que la rodeaban, de alguna manera habían contribuido a alimentar el miedo a lo desconocido. Mimi no guardaba tampoco buen recuerdo de una partida similar. Y aun cuando había apoyado en su afán a su protegida, estaba contenta de verla en el rancho.

Esta falta de decisión reafirmaba y solidificaba su apego a Pedro e impedía que la imagen de protector evolucionase. Por mucho tiempo continuó confiando en que él la rescataría para ofrecerle una vida similar a la que había perdido, a la muerte de su abuela, y que imaginaba encontraría más allá de Las Guadalupes. No sabía con exactitud en qué lugar, pero sí que sería una vida ordenada, respetada, sin rameras ni borrachos, en el más puro estilo de las fotonovelas mexicanas que Mimi le había conseguido desde sus primeros tiempos en el pueblo. Pedro se convirtió, sin saberlo, en el depositario de todas las expectativas que tendría en su existencia y, a su alrededor girarían, desde ese momento, todos sus sueños...

La obsesión amorosa sufrió una metamorfosis en la medida que crecía y se convertía de adolescente en mujer; el amor platónico de los primeros años se transformó en pasión ardorosa en su juventud: su pulso se aceleraba cuando se imaginaba en sus brazos y sus deseos solo encontraban satisfacción en los ritos de autocomplaciente masturbación; sus manos eran las de él acariciando su cuerpo, sus dedos eran los suyos entreabriendo su pubis y su lengua no era la de ella cuando se la pasaba por sus húmedos labios.

Por su parte, a sus cuarenta y seis años, en la soledad que lo embargó después del divorcio, Pedro rompió sus propias reglas e inició con su empleada una relación que nunca terminó de clarificar ni ante sí mismo ni ante los demás. A partir de entonces, la cajera de *El Finisterre*, conocida como la Cuaima, se convirtió en la mujer de don Pedro.

8 | Estos no son hombres, son alimañas

$\mathcal{D}$urante los primeros años de la relación todo fue miel sobre hojuelas para los dos amantes. Por primera vez, Isabel se entregaba sin miedo, sin restricciones, confiando en que su amor crecería y se transformaría dando sus frutos. Pero si bien Pedro se mostró satisfecho, cariñoso y solícito, no dio muestras, con el paso del tiempo, de que fuese a dar más de lo que estaba ofreciendo en ese momento. Esta apreciación comenzó a ser clara en la mente de Isabel dos años más tarde, y se fue consolidando en los siguientes. En el comienzo no le otorgó mayor importancia a este hecho pues tenía prerrogativas que la compensaban: su prestigio en Las Guadalupes creció entre las mujeres que veían en la conquista de Pedro un mérito innegable: ¿cómo lo consiguió? ¿Qué tendrá que no tenemos el resto?, se preguntaban entre chascarrillos y risitas. Por parte de los hombres creció el respeto hacia ella y comenzaron a llamarla «señora Isabel». Dado el carácter serio, y nada díscolo, de Pedro, todos se imaginaban que el emparejamiento terminaría pasando por el juzgado o, tal vez, por vicaría.

Todas estas expectativas parecían premoniciones favorables a los deseos de la morena que, de esta manera, se sentía que arropaban su vida con una nueva apetencia que le insuflaba una vitalidad renovada. Mientras, Pedro notaba cómo el dolor por la separación de Berta se amortiguaba. No se puede decir que desde los primeros momentos el gallego no compartiese la creencia generalizada en relación con su nuevo vínculo; también él esperaba que su cariño por Isabel creciese y que su amor por Berta pasase a ser un hecho del pasado. Sin embargo, el discurrir del tiempo no confirmaba las expectativas que todos tenían. Pedro fue descubriendo, poco a poco, que tenía a Berta enquistada en su corazón de un modo que ni él mismo había vislumbrado. La Bachaquera se convirtió en un museo de los años pasados a su lado y, sin darse cuenta, acarició, muy en lo recóndito de su alma, la fe de que algún día Berta regresaría. Esta espera inútil estaba alimentada por la realidad legal española, que no contemplaba el divorcio. Por tanto, el matrimonio no fue disuelto hasta unos ocho años más tarde, cuando fue promulgada la ley.

Esta situación legal consiguió confundir a Isabel y le dio argumentos para no ver lo evidente: su relación con Pedro era mucho menos importante para él de lo que ella esperaba. Fueron pasando los años y la situación de la pareja no cambió, excepto que la economía de Isabel se hizo más solvente, gracias a que su amante le cedió parte de los derechos de una de las concesiones que tenía. Estos ingresos propios le permitieron cambiar el rancho de Cecilia por uno más amplio, con puertas en las habitaciones, en lugar de cortinas, y suelo de cemento pulido, en lugar de cemento sin pulir. Una vez que Pedro recibió la notificación de su divorcio, Isabel creyó que la barrera que impedía que su amor culminase en un compromiso más definido había desaparecido y se inició una etapa de renovadas ilusiones que se verían, con el paso del tiempo, frustradas.

La nueva situación civil de Pedro no redundó en un cambio de actitud referente a la vida en común con Isabel. De nuevo las agujas del reloj fueron marcando el paso de los minutos, horas, días, semanas, meses y años, y con ellos llegó la periódica visita de Cristina. La paciente amante vio cómo su compañero compartía con su hija una parte de su tiempo, del que ella era mantenida al margen. Y esto, junto con el hecho de que no se sentía correspondida como deseaba, abonó el terreno para la aparición del despecho, un sentimiento que, por su fuerza, parece que fuese impulsado por la mano negra del soberano de las tinieblas, el diablo.

Mientras, en ese tiempo pasó por Las Guadalupes un argentino en compañía de algunos compradores de oro. Este hombre, que pasaba de los setenta, trabó amistad con una Cecilia solitaria, avejentada y marginada. Dándose cuenta de la situación, el argentino, que no tenía familia y se ganaba el sustento con una tipografía que poseía en Ciudad Bolívar, le propuso a la, en otros tiempos, exitosa ramera andina de piel clara, que se fuese a vivir con él para que lo acompañase en los últimos días que le quedaban de vida. A cambio, a su muerte, recibiría el valor total de sus posesiones. Así fue como, a sus cerca de 45 años, Cecilia se fue del pueblo para comenzar una nueva vida. Cuando se enteró del arreglo, Isabel comentó: «Muy desesperado debe estar el viejo para llevarse a la piltrafa que es mi madre». Para muchos, este comentario revelaba la envidia que sentía porque la autora de sus días, en el atardecer de su vida, había conseguido, antes que ella, lo que tanto había buscado: que un hombre la llevara lejos del lugar donde había vivido los últimos veinticino años. Este ya no era un secreto para los habitantes de Las Guadalupes, pues la pretensión de la que popularmente conocían como la Cuaima, ya era evidente.

Esta nueva etapa en la vida de Isabel coincidió con importantes cambios en el sector minero del oro. Ocurridos durante la década de los 80.

A Pedro, tras permanecer en el mismo sitio treinta años, no le gustó lo que estaba sucediendo. La enorme riqueza venezolana de las décadas precedentes dejó un saldo negativo para el país, no solo en la balanza de pagos sino en la moral de la población. Las reglas del juego se relajaron y en los últimos veinte años, nativos y forasteros se dedicaron a enriquecerse de la noche a la mañana utilizando cualquier recurso, no importaba cuán deshonesto fuese. Esta fiebre de enriquecimiento inescrupuloso se propagó por todo el territorio y se aplicó «el todo vale» para conseguirlo. La valía personal comenzó a cotizarse según lo que se poseía y ello provocó que el resto de los valores humanos y sociales quedaran relegados. «La gente que llega es cada día de peor condición. Estos no son hombres; son alimañas», llegó a comentar el que, en otros tiempos, había sido considerado el cacique del lugar.

Los comerciantes, muy avezados en conocer todos los trucos del negocio para rebajar los precios de la mercancía que le ofrecían los mineros hasta el límite, eran los que menos simpatía despertaban en el ánimo del gallego. Pero, de todos, el que menos le gustaba era un tal Teófilo, hombre blanco de prominente abdomen, vestido con pantalones y camisas de marca y chaqueta de cuero, que portaba un revólver en una funda amarrada al tobillo: era la viva imagen del individuo dispuesto a todo para conseguir sus propósitos. Se consideraba a sí mismo un negociante astuto; en resumen, un triunfador. Con su teléfono móvil en la mano, que utilizaba asiduamente en todas partes y no lo dejaba ni a sol ni a sombra, se paseaba por la calles del pueblo siempre sonriente y acompañado por su chofer y sus dos guardaespaldas.

Teófilo era el representante de un sociedad inversora que se había apropiado, de manera poco clara, de un grupo de antiguas concesiones que habían estado administradas por un propietario local. Desde su llegada se había revelado como un experto en sacar partido de los mineros y de su necesidad de contar con capital, ofreciéndoles precios irrisorios por su oro. Pedro no tenía necesidad de hacer negocios con él: tenía acuerdos con joyerías a las que surtía desde hacía años. Gregorio se encargaba de venderles directamente en Caracas y Ciudad Bolívar, consiguiendo por cada kilo del metal precioso un precio más justo. De la misma manera había aconsejado, en alguna ocasión, a uno que otro minero de confianza para que no hiciese negocios con Teófilo y, en algunos casos, les compraba la mercancía a un precio superior. Esto era conocido por el comerciante, que le profesaba la misma antipatía que intuía le inspiraba al gallego. Soberbio, y henchido de orgullo personal, consideraba la conducta de todo el que se le enfrentaba un desafío. Seguramente entre los dos hombres habrían saltado más de una vez chispas si el dueño de *El Finisterre* no fuese más cuidadoso, quien procuró no inmiscuirse en los asuntos del comerciante más allá de lo estrictamente necesario. Sin embargo, evitar los roces no fue totalmente posible.

El Finisterre era el lugar escogido por Teófilo para comer y dormir junto con los que le acompañaban, puesto que era de lo «mejorcito» que se podía encontrar por los alrededores. Con su asidua presencia se convirtió en un buen conocedor del establecimiento. Advirtiendo la influencia que sobre Isabel tenía Mimi, cultivó su amistad para, poco a poco, pasar a conquistar la confianza de la mujer del dueño del local, con el objetivo de adquirir, a través de ella, algún poder que le permitiese, en caso de ser necesario, doblegar a aquel gallego que le parecía tan independiente y despreciativo.

Como todo individuo prepotente, se envalentonaba con facilidad con todo aquel que lo desafiaba. Ello provocó que, en más de una ocasión, fuese protagonista de violentos altercados con otros comerciantes, o mineros, en las estancias de *El Finisterre*. Normalmente, Pedro no solía estar presente durante estos espectáculos, pero sus empleados le habían expresado su temor de que pudiese suceder una tragedia en cualquier momento. Por esta razón adoptó una actitud muy dura la única vez que ocurrió uno de estos hechos en su presencia. Lo enfrentó y le invitó a que, si quería resolver algún problema con violencia, lo hiciese fuera del recinto. En caso de no atender la sugerencia tendría que buscar otro alojamiento. El envalentonado, escudado por sus dos guardaespaldas, el chofer y su revólver, sintió herido su henchido orgullo; su antipatía por Pedro creció a partir de ese día, si cabe, aún más. En voz baja, se dijo, en el más puro estilo criollo de declaración de guerra: «Descuida gallego de mierda, que en la bajadita te estoy esperando».

Por otra parte, Teófilo tenía todas las debilidades de moda, típicas de los hombres de su clase en la Venezuela de finales de los 80: las mujeres y el juego. Como prototipo del venezolano que había surgido después de los 70, le gustaba presumir con sus amigos de macho criollo insaciable, coleccionando modelos de pasarela o *misses* de certámenes de belleza, las cuales, a su vez, gustaban de vivir del dinero que les daban sus adinerados amantes. Esto les permitía a estas jóvenes prostitutas de élite mantener un nivel de vida acorde con los requerimientos del nuevorriquismo de la sociedad venezolana.

En cuanto al juego, hay que decir que todo aquel que se considerase triunfador en la Venezuela de las últimas décadas del siglo

XX frecuentaba, durante los fines de semana, los casinos de Aruba y Curazao... y, en más de una ocasión, los de Las Vegas. Estas aficiones condujeron a nuestro hombre, a imagen y semejanza de sus más relevantes compatriotas de la Venezuela postsaudita, a distraer por aquí y por allá, sumas sustanciosas de los negocios que manejaba.

La consecuencia lógica fue que, para saldar fuertes deudas de juego, se le pasó la mano a la hora de hacerse con cierta cantidad de dinero, producto de la venta del oro. La sociedad inversora de las concesiones comenzó a sospechar que las cosas no iban bien con el representante que tenían en la zona. Le increparon sobre el monto correspondiente a cierta mercancía que no aparecía, poniendo a su hombre en un apuro; la excusa que esgrimió, era débil y poco creíble: el monto correspondía a mercancía no cobrada. De tal manera que se comprometió, en un tiempo prudencial, a recuperar el valor total de lo adeudado. Esta propuesta final tranquilizó a la sociedad, que decidió esperar a ver qué pasaba.

Mientras, Teófilo seguía con sus negocios y se dedicaba a camelar a Isabel. «Nadie en el mundo puede conseguir lo que una mujer en la cama», se había dicho. Y, al mismo tiempo, pensó que, precisamente, la cama sería uno de los lugares para librar la batalla que tenía pendiente con el gallego. Uno de ellos, pero no el único. «Seguro que si me la tiro, me gano definitivamente su confianza y la manejo a mi antojo», se dijo.

El inescrupuloso comerciante comenzó en buen momento su conquista, pues Isabel, a sus 32 años, estaba resentida y deseaba demostrarle a su amante que no necesariamente podría ser el único en su vida. «Pedro se siente muy seguro de que no lo vas a dejar», le había dicho Cecilia antes de irse de Las Guadalupes. «Si alguna vez has esperado algo más de él, será mejor que lo vayas olvidando».

Conocedor de la situación, como buen cazador que estudia el terreno, Teófilo orientó todas sus baterías a seducir la vanidad femenina de Isabel, algo que, estaba seguro, no hacía el austero gallego. A diferencia de los lugareños, que a sus espaldas la llamaban la Cuaima y por delante señora Isabel, la trataba siempre de buenamoza, negra de mis amores... Y cuando llegaba al bar y no la encontraba, preguntaba a los presentes: «¿Dónde está la hermosura de estos contornos?» En su cara solía decirle: «¿pero cómo es posible que a una mujer tan hembra y con tanto melao para repartir la llamen la Cuaima? Estos hombres no saben tratar a una mujer de verdad. Por aquí parece que el único que sabe apreciar lo que vales es el gallego». Isabel, hambrienta de aprecio y detalles delicados, no fue capaz de resistir el embate del astuto seductor. Sus, en otros tiempos, imbatibles defensas habían mermado con el paso de los años y cada día se asemejaba más a las mujeres del pueblo, respondiendo, de esta manera, a una necesidad imperiosa de adaptación al medio ambiente.

Así, casi sin darse cuenta, terminó compartiendo las delicias del lecho con los dos hombres, enemigos entre sí, y con el sinnúmero de féminas a las que Teófilo brindaba, desprendidamente, sus servicios varoniles. Y fue en este campo de batalla, entre las sábanas americanas del amplio lecho, encajonado entre el suelo y la pared con el mismo material de adobe con el que se fabricó la casa-refugio, en un recóndito lugar de la Gran Sabana, donde el astuto negociante la interrogó sobre la vida y obra del galante hijo de la tierra de Breogán que amó durante casi doce años.

Berta y el divorcio, María de la Concepción, Cristina y su vacaciones en el país, junto con su estancia reciente, fueron algunos de los datos que pasaron a formar parte del archivo particular del amador de mujeres fáciles. Con manos astutas y hábiles, acariciaba los duros y morenos muslos de una Isabel entrada en la treintena. En su fuero interno, no obstante, pensaba que hubiese preferido tener a su lado a la última *miss* del estado que, recientemente, había conocido en uno de los bonches oficiales en los que había estado. «Un buen collar de brillantes habría convencido a esa zorra recién destetada. ¿Cuántos añitos decían que tenía?». Creía recordar que dieciocho. ¡Dios mío! ¡Qué bombón! Solo de pensar en ella se le paraba la jodida verga. «Y no me queda más remedio que tirarme a esta furcia», se decía mentalmente, mientras sus labios desdibujaban una sonrisa al mirar el rostro de la hija de Cecilia.

Con estas ideas en la mente procedía a apagar su fogosa pasión, inspirada por la visión en traje de baño, durante la noche de la elección, de la belleza estatal. Mientras estaba en la intimidad con Isabel, se imaginaba que estaba con la jovencita que esa semana había inundado de fotos las contraportadas de los periódicos más amarillistas del país.

Con todos los datos obtenidos, el esforzado amante comenzó a madurar una idea que lo podría sacar de apuros. Por lo que Isabel le contaba, el gallego tenía un talón de Aquiles: su hija. Quizá si le pasaba algo a ella, él dejaría la zona definitivamente. Un susto, tal vez... ¿Y si mataba dos pájaros de un solo tiro...? Se hacía con el dinero que necesitaba y le hacía ver que sería «bueno para su salud» que se alejase de la región. La idea lo excitó y a lo largo de la jornada comenzó a madurar su plan: si lograba convencer al gallego de que tenía que irse, éste se vería obligado a deshacerse de sus posesiones y, tal vez, él podría adueñarse de ellas, teniendo, de esta manera, un mayor control sobre el pueblo y los mineros.

Se encontraba en estas cavilaciones cuando, con cierta desgana, vio a Isabel cerca de la laguna que se encontraba en las inmediaciones. Algunos de sus colaboradores y guardaespaldas, desconocidos los primeros para Isabel, le hacían compañía con una botella de ron. Entre chiste y chiste pasaban la tarde del sábado. «¡A ver si se acaba este fin de semana, carajo!», repetía mentalmente Teófilo que se sentía cumpliendo un deber más que disfrutando del placer. «¡Hay que joderse! Tener que fingir que me gusta. Y esta noche tendré que volver a tirármela. ¡De tanto pensar en la jodida *miss* me voy a embochinchar con ella si no logro traerla a la cama!». Guardó su talante despectivo y grosero para sí mismo, y con una sonrisa amplia, se dirigió hacia el grupo.

—¡Cómo se lo están pasando! Y ustedes, espabilen, que a esta morenaza la tengo conquistada yo. Ni sueñen con quitármela —dijo en tono dicharachero al grupo.

—¡Nada de eso jefe! Usted sabe que nosotros respetamos lo que le pertenece. Reconocemos de antemano nuestra derrota y «por demás» está decir que Isabelita tiene muy buen gusto al quererlo a usted —señaló un negro prieto, de mirada inquisitiva y brillante sonrisa que dejaba ver unos perfectos dientes.

—Yo aquí estoy de acuerdo con mi compadre, jefe. A mi modesto entender, yo le dejo a Isabel y me conformo con la catira escuálida de la fiesta del viernes pasado —señaló con cierta ironía un moreno cuya cara estaba llena de huellas dejadas por un acné furibundo de otras épocas. Teófilo entendió la indirecta, pero disimuló, no sin dejar de sonreír para sí mismo. «¡A estos carajos no se les escapa nada! Ni que les hubiese contado algo». Con desenfadados ademanes le pasó a Isabel los brazos por el hombro y la apartó del grupo.

—Nos disculpan, pero tenemos cosas de qué hablar —les dijo a los hombres allí reunidos. «Pensar en esa catira escuálida me tiene embochinchado. Desde que la conocí en la fiesta no puedo olvidarla. Ahora me tiro a esta caraja y así me bajo el sofocón».

Isabel, inocente de las verdaderas intenciones y pensamientos de su galán, caminaba a su lado en las nubes. El paisaje de aquella explanada en medio de La Gran Sabana, la laguna y la casa-refugio de adobe y techos de zinc bajos, la arboleda rodeándola, los toques de buen gusto aquí y allá, el amplio baño, la cocina americana, le hacían sentir que comenzaba a alejarse de Las Guadalupes. Por otra parte, serle infiel a Pedro, a aquellas alturas y después de esperar tanto, era para ella motivo de placer. Además, tenía que reconocer que su nuevo amante tenía más pericia en el arte de seducir y amar que el gallego.

Esa noche, mientras Isabel tomaba un baño, Teófilo comenzó a trazar un plan con sus íntimos que, en los próximos días, daría sus frutos. Conocía, por Isabel, que Cristina esperaba a unos primos con lo que pensaba viajar enseñándoles las bellezas del estado. Él y sus hombres estarían alerta y, en el momento oportuno, darían el golpe; sus secuaces se acariciaban la barba complacidos de ver cómo su superior no perdía el tiempo. «¡Usted no pela una!», comentó uno de ellos. Así fue como empezó a trazarse el destino trágico de todos los personajes de la historia.

9 Por cada kilo de oro, un kilo de mercurio

*L*a vista del Orinoco desde el Paseo Angostura era agradable. Desde él se podía apreciar toda la grandeza de este coloso de América del Sur, que en contraste con otros ríos de la zona, y especialmente con el Caroní, el más caudaloso, es una gran masa de agua que se desliza suavemente, explayándose a lo largo y ancho de su cauce. Pero no había tiempo para detenerse a contemplar el paisaje. La camioneta tipo jeep se deslizaba rauda, en dirección al puente que cruzaba el río.

El objetivo de los ocupantes era dirigirse a las afueras de la ciudad. Por esa razón, mientras se alejaban, el paisaje pasó a ser una sucesión de casas dispersas, de una sola planta y con fachadas pintadas de colores vivos: azul, rosado... Unas veces pegadas entre sí, otras separadas por trozos de terreno llenos de matorrales y árboles de plátano. La carretera principal, de asfalto, y los caminos, que comunicaban las diferentes casas, de tierra. Por estos últimos transitaban sus habitantes: mujeres morenas y negras, robustas unas, cimbreantes otras, con faldas y camisetas ajustadas a sus formas; niños tostados, de pelo oscuro y ensortijado, esbeltos y ágiles, enfundados en pantalones cortos de colores con figuras de personajes populares del cine americano y mensajes en inglés; jóvenes de ambos sexos en vaqueros, muy ajustados, y camisetas parecidas a las de los más pequeños; hombres con pantalones de algodón y camisas blancas de manga larga recogidas hasta el codo. En las tiendas aparecían letreros en inglés y castellano, entremezclados, con variantes locales: *Cocuyos Shop, Machine Sound, Guarapo House*...

Todo este paisaje natural, arquitectónico y humano, era escudriñado por los cuatro ocupantes de la camioneta, dos mujeres y dos hombres jóvenes, cuyas fisonomías contrastaban con el paisaje humano del lugar: pieles blancas, pelo castaño claro y rubio. El contraste entre el entorno y ellos hacía que los observadores se convirtiesen en observados. Así, cada vez que el vehículo tenía que aminorar la velocidad, o paraba por alguna razón que le impedía proseguir, los visitantes se sentían objeto de la curiosidad del transeúnte de turno, ya fuesen mujeres, hombres o niños. El conductor, compatriota de los lugareños, hacía que sus pasajeros se sintiesen acompañados en aquel paseo por tierras extrañas y, a su vez, producía en las gentes de la zona un cierto sentimiento de familiaridad con los que, evidentemente, eran turistas.

Cristina, una de las integrantes del grupo, explicaba a sus acompañantes todo lo que en el panorama les llamaba la atención.

—La influencia del idioma inglés es, quizás, más significativa en Venezuela que en otros países debido a la presencia de las empresas estadounidenses en las décadas precedentes. Desde que la economía venezolana sufrió una profunda transformación en 1917, cuando se comenzaron a explotar los primeros yacimientos petrolíferos, la industria petrolera fue dirigida, en régimen de concesiones, por las grandes petroleras transnacionales: la Standard Oil of New Jersey, Shell y Gulf Oil, entre otras, hasta que, en 1975, el Estado venezolano promulgó la Ley de Nacionalización del petróleo. Al año siguiente, a partir de enero de 1976, una compañía estatal comenzó a manejar plenamente este recurso.

—Tradicionalmente, en Venezuela ha sido de gran interés la industria del hierro, hoy en día también nacionalizada —añadió Ramón a las explicaciones de Cristina—. Antes la explotación de este mineral estaba en manos de las grandes filiales venezolanas de la United States Steel Co. y la Bethlehem Steel. La Ley de Nacionalización se promulgó en 1974, año en que se alcanzó explotar unos 26 millones de toneladas métricas de hierro provenientes, principalmente, del cerro Bolívar y El Pao.

—¿Y qué se puede decir de la explotación del oro? —preguntó Manolo, el primo de más edad de Cristina, un joven recién licenciado en derecho.

—El oro es uno de los recursos minerales cuya explotación en Venezuela es de menor importancia —contestó Cristina.

—Para el gobierno de Venezuela la minería del oro no ha sido negocio. Mal que les pese, la mayor parte del oro de aluvión, proveniente principalmente de los afluentes de la derecha del Orinoco, se les escapa de las manos: cuando no sale rumbo a Brasil por la Gran Sabana, sale hacia Colombia vía aérea o fluvial, sin dejar nada al fisco nacional —indicó con mayores detalles el conductor del vehículo.

La conversación que se desarrollaba dentro del vehículo entre los jóvenes, todos universitarios, era el claro ejemplo de una nueva generación, más informada y preparada, a ambas orillas del Atlántico. Los tres turistas, junto con Cristina, eran conscientes, como consecuencia de una mayor cultura, de la necesidad de preservar el medio ambiente y de fomentar la solidaridad entre los países más ricos hacia las partes más desfavorecidas del planeta. Asimismo, como visitantes, se habían preocupado por recabar información previa al viaje sobre el vasto territorio guayanés, el cual, por siglos, ha sido motivo de toda suerte de mitos, de los que el más conocido es el de El Dorado.

Por su parte Ramón, una de las últimas adquisiciones de la plantilla de trabajadores a las órdenes de Pedro, era hijo de Joao, el portugués que estaba al frente de *El Finisterre*, y quien se había casado con una negra prieta de la zona. Había realizado estudios en un liceo militar y, posteriormente, alcanzó el título superior de Ingeniero Industrial. Desde que terminó los estudios entró a trabajar a las órdenes de Gregorio, convirtiéndose en un puntal importante dentro del entramado del negocio de la explotación del oro.

—La historia de los Welser, los banqueros alemanes que vinieron a Venezuela en busca de El Dorado, con el objetivo de cobrarse la deuda que con ellos tenía la corona española, no ha sido un hecho aislado de los primeros años de la Conquista, sino parte intrínseca de la realidad venezolana —agregó el joven guayanés bajo la mirada admirativa de sus cuatro acompañantes que agradecían sus explicaciones.

Para los tres primos ya era evidente que una corriente especial, de afecto y admiración mutua, se había establecido entre la hija de Pedro y aquel joven criollo. Así, demostrando que aquella no era la única vez que dicha conversación se establecía entre los dos jóvenes, Cristina aclaraba ciertos puntos que consideraba poco claros, demostrando tener tanta información como Ramón.

—En Guayana hay mucho oro —explicó—, pero el gobierno lo ha repartido en concesiones interminables de 20 a 40 años, sin prestar la suficiente vigilancia para obtener la parte que le corresponde. Las concesiones de oro se han dado por amiguismo o por conexiones políticas, con cada gobierno de turno y los que las obtienen, de ser buenas, no las sueltan nunca más. Después, oro en mano, ya habrá fórmulas para comprar a cualquier gobernante o autoridad.

—Todavía, en plena década de los 90, se entregan concesiones que fueron tramitadas por gobiernos anteriores, bajo el amparo de una ley que data de 1944 —apuntó el joven ingeniero industrial— Se ha llegado a decir que el día que el gobierno venezolano saque todo el provecho al oro que tiene en Guayana, la deuda externa y la miseria de la Venezuela actual dejarían de existir. No obstante, si es cierto que esto no ocurre hoy en día, sí podemos afirmar, sin duda alguna, que en estos momentos por cada kilo de oro que sale, entra en la región, contaminándolo todo, un kilo de mercurio. Y muchos kilos de mercurio pudieron haber entrado sin que saliera ningún oro, lo que significa sembrar muerte y destrucción donde antes hubo riqueza a granel.

Mientras hablaban, el vehículo entraba en un terreno arbolado y circundado por un riachuelo cuya orilla estaba cubierta de arena fina. En el centro del paisaje una churuata, rústica construcción circular de madera, típica vivienda de los indios pemones de la

Gran Sabana, con techo de hojas de palma, coronada por un letrero pintado a mano: *The Ron´s house,* dibujaba un paisaje humano pintoresco. Bajo la copa de los frondosos árboles, mesas y sillas modestas. En una esquina una tarima fabricada con troncos que, obviamente, servía de escenario.

—Este es una especie de piano-cafetería-bar de María del Rosario, hijo de María de la Concepción —explicó Cristina mientras bajaban de la camioneta, seguidos del conductor de tez canela y pelo negro ensortijado cuya sonrisa revelaba una incrustación de oro en uno de sus dientes centrales.

—Ramón y yo hemos escogido este lugar porque al caer la noche tocan aquí grupos locales que les van a permitir disfrutar de los ritmos guayaneses y caribeños. María del Rosario abrió este negocio con la ayuda de mi padre hace cuatro años y a él suelen traer grupos de turistas que visitan la Guayana —sentenció orgullo-samente la joven.

—María del Rosario es el protegido del señor Pedro —explicó Ramón dejando ver su hilera de dientes con destellos dorados, al tiempo que, en un gesto de escasa y poco frecuente caballerosidad, apartaba las sillas de las mesas para ofrecer asiento a las féminas del grupo. Una vez acomodados se acercó un moreno de unos veinte años, de rasgos pronunciadamente indígenas, que revelaban la herencia recibida de su progenitor, un indio pemón criado y educado por monjas dominicas en una misión fundada por los capuchinos en el pueblo de Kamarata. Con su pelo, lacio y negro como el azabache, vestido con vaqueros y camiseta estampada, y un trapo blanco anudado a la cintura, a manera de delantal, el kamaracoto se acercó para recoger el servicio que había quedado sobre la mesa de los ocupantes anteriores. Tras él, María del Rosario saludó a los recién llegados.

—Mis primos… —explicó Cristina, señalando con un gesto de la mano a los aludidos—. Han venido a pasar las vacaciones por estas tierras.

—En *The Ron´s house*, todo familiar y amigo del señor Pedro es bien recibido. Aquí estamos para servirles. Ustedes mandan —señaló jovialmente el joven dirigiéndose a los visitantes.

—A mí me traes lo de siempre —pidió con familiaridad Ramón.

—Para nosotros un Aguacero —dijo la hija de Pedro—. Es una mezcla de licor blanco llamado cocuy, parecido al aguardiente, mezclado con diversos jugos de frutas tropicales. En este caso nos lo va a traer con parchita, que es el que siempre yo pido. Estoy segura de que les va a gustar.

El bochornoso calor del día había dado paso a una tarde fresca y agradable. Sentados en el lugar, a la sombra de los grandes árboles, la vida en Guayana se presentía más tranquila de lo que viejas historias y leyendas dejaban entrever. En el horizonte, los colores del atardecer daban paso a la oscuridad y con ella los lugareños iban, paulatinamente, ocupando los asientos vacíos. Llegaron los músicos y con ellos la noche tropical se llenó de notas musicales de calipso, salsa, merengue y, en algún momento, hasta el tan, tan de los tambores.

Los tres primos, acostumbrados a la muñeira, el pasodoble, las jotas y el flamenco no podían dar crédito a la visión de Cristina en aquel marco, quien se movía en la pista de arena con la sensualidad propia de los habitantes de la zona. Sus miembros seguían dócilmente el ritmo de la música. Su desenvoltura en el ambiente era evidente, a pesar de no haber vivido en el país desde que tenía cinco años, edad en la que se separaron sus padres. A partir de entonces residía en La Coruña con su madre, desde donde idealizó la figura de Pedro y el país donde había nacido. Fueron inútiles los esfuerzos de su progenitora para hacerla desistir de su pasión por aquel mundo que no conocía. Así que decidió que sería mejor que la niña comenzase a viajar de vacaciones para conocer Venezuela. Pedro compartía el interés de su exmujer por mantener a la joven alejada de su mundo laboral. Pensaba que su hija estaba mejor al lado de su madre. Esto no significaba que él no desease tener a su lado a su retoño. Todo lo contrario. Pero pensaba que si Berta había elegido vivir en Galicia, la joven estaría mejor a su lado.

No obstante, la evolución del interés de Cristina por su padre y su lugar de residencia no decayó con las visitas periódicas, como se esperaba. Y, por el contrario, con los años se acrecentó, así como la afición al modo de vida, costumbres, gente, comida y paisaje. Por esta razón, y tras terminar los estudios de Economía en la Universidad de Santiago de Compostela, decidió, con veintidós años, trasladarse a vivir a Venezuela.

Pedro estaba feliz de tenerla con él después de tantos años. Por su parte, Cristina solo deseaba encargarse de la administración de sus negocios. Así que Pedro decidió que la adiestraría en la administración de la fábrica de pasteles y chocolates que había comprado, varios años después de su divorcio, en el sector industrial de Boleíta Norte, en Caracas, y de una hacienda de ganado vacuno en el propio estado Bolívar. Cumpliendo este cometido, y repartiéndose entre la capital del país y Guayana, Cristina había pasado dos años, el tiempo de estancia más largo desde que solía visitar a su padre. Tanto su madre como Pedro esperaban que con esta última concesión se consiguiese que la joven desistiese de permanecer en Venezuela.

—El país ha cambiado mucho desde que tu madre y yo nos casamos —le decía Pedro a su hija—, ya no es lo que era. La deuda externa ha transformado a esta tierra de oportunidades en una nación empobrecida, con las mismas acuciantes necesidades sociales del resto de los países de América Latina.

—No estoy aquí porque ésta sea la tierra prometida. He venido porque este es el lugar donde nací y donde tú vives; yo quiero estar a tu lado —le respondió Cristina dejándolo sin argumentos. Pedro percibía que su hija tenía dificultad para aceptar la separación de sus padres y él la comprendía. Para él también había sido difícil. Cuando en el 1966 conoció a Berta, jamás se le ocurrió que a ella no le gustaría el tipo de vida que tendría a su lado. ¡Pero así fue!

A medida que la noche avanzaba, los cuerpos de los bailarines entraban en calor y algunos de los jóvenes varones se despojaron de sus camisetas. Sobre la piel morena, barbilampiña y sudorosa de la mayoría, caían los rayos de luz de las bombillas amarillas colgadas de largas cuerdas extendidas entre las ramas del follaje arbóreo. Los tres primos no olvidarían jamás aquella noche, como posteriormente tendrían oportunidad de repetirse una y otra vez. Cada uno de los rostros de los hombres y mujeres desfilaría por su memoria buscando, en ellos, la respuesta a los hechos que vendrían a continuación.

Era la una de la madrugada cuando al lugar llegó un grupo de hombres y mujeres, de edad madura, riendo, gritando y blandiendo en sus manos botellas de ron vacías. Se acercaron al mostrador del establecimiento y una de las mujeres, morena, maciza, pidió varias botellas llenas a María del Rosario. Mientras esperaba se acercó a la mesa de los turistas y se dirigió con familiaridad a Cristina.

—¡Vaya, vaya! ¡Aquí está la princesita! ¡El objeto de los desvelos de Pedro! —su voz denotaba que había bebido en exceso.

—Deberías retirarte. Estás muy paloteada. No es bueno que te vean así —le indicó Ramón en tono pausado.

—Muy amable por tu preocupación, pero me retiraré cuando me dé la gana. Y si es bueno que me vean borracha o no, es mi problema. Antes, quiero felicitar a la princesa por el gran amor que le tiene su padre. ¡No es de despreciar, catira! Un hombre como Pedro quiere a pocas personas y casi te podría decir que es un milagro el amor que siente por su hija.

—¡Cállate! ¿Tú qué sabes de amor? Anda, vete, María del Rosario ya trajo las botellas que le pediste —con estas palabras Ramón se levantó y con ademanes suaves obligó a la aludida a voltear hacia el mostrador donde, efectivamente, estaban alineadas la botellas que había pedido. Isabel, que era la mujer en cuestión, dirigió hacia allí sus torpes pasos.

—¡Vámonos! Está ebria y puede causarnos problemas —el joven guayanés acompañó las palabras con la acción y, tirando sobre la mesa unos billetes, hizo un gesto hacia María del Rosario indicándole que se retiraban. Cristina estaba sorprendida. No conocía a Isabel y sus palabras le resultaban enigmáticas.

—¿De qué conoce a mi padre? —preguntó al subirse al coche.

—Es una larga historia que sería mejor que te la contase él mismo —le indicó Ramón arrancando el vehículo. Por el espejo retrovisor podía ver cómo Isabel hacía gestos de enfado al ver que se iban. Sonrió para sí.

—Yo solo te puedo decir que ella gobierna desde hace muchos años la caja en el negocio de Las Guadalupes. Posteriormente, tu padre le permitió dirigir la búsqueda de oro en una de las concesiones con una de sus máquinas.

—¿Y a qué se debe el resentimiento que le tiene? —quiso saber la joven intuyendo que su acompañante se callaba la mejor parte de la historia.

—No puedo imaginarme la respuesta a esa pregunta —contestó Ramón queriendo evitar entrar en el tema, pues sabía que de profundizar en el mismo, Cristina terminaría enterándose de aspectos de la vida de su padre que desconocía—. Pero anda con gente del entorno de Teófilo, un hombre que no hace migas con don Pedro.

La joven notó en las últimas palabras de Ramón un deje de preocupación. Decidió no insistir sobre la identidad de la mujer, pues intuyó que no le diría más de lo que debería. Tanta reserva le inspiró sospechas y comenzó a preguntarse si no habría algún vínculo entre su progenitor y aquella extraña mujer.

10 Está viejo y quiere irse, pero no como llegó

$\mathscr{L}$a parte de la Dársena de la Marina, en la ciudad de La Coruña, tenía aspecto solitario a las tres de la mañana cuando Berta y Pepe regresaban a casa después de una noche de tapas con los amigos. La soledad de las calles contrastaba, notoriamente, con la imagen alegre de las primeras horas de la tarde, cuando una multitud de todas las edades, paseaba aprovechando la brisa del mar. Ese era el momento en que la pareja había salido a dar una vuelta con unos amigos, tras regresar de pasar sus vacaciones en el Pirineo Navarro.

—Tan pronto lleguemos a casa, llamaré a Venezuela. Son demasiados días sin tener noticias de los chicos —comentó Berta cuando ya estaban cerca del portal del edificio.

—Con la diferencia horaria, ahora son aproximadamente las 10 de la noche allá. ¿Crees que se encontrarán en casa? —replicó Pepe sosegadamente.

—Sí. Es buena hora para llamar. Debido a la inseguridad ciudadana los habitantes se recogen en sus casas temprano.

La pareja, entrados ambos en la cincuentena, se encontraban en un buen momento de su relación: habían pasado unas semanas disfrutando de su mutua compañía sin la interferencia de los hijos, un chico y una chica, de 15 y 13 años. Ambos estaban en el pueblo con sus abuelos paternos. Tras las vacaciones, la pareja, profesores los dos, se disponía a comenzar un nuevo curso.

Al abrir la puerta del piso Berta se sorprendió. Había luces encendidas.

—Pepe, ¿dejaste las luces del salón encendidas al salir?

El aludido no tuvo tiempo de contestar, pues en aquel momento la madre de Berta, con semblante desencajado, les salió al paso en el *hall* de entrada.

—¡Berta, hija...!

—¡Mamá! ¿Qué pasa? ¿Que hacéis aquí? —inquirió Berta al vislumbrar a su progenitor tras el hombro de su madre.

—¡Don Jaime! ¿Ocurre algo? —preguntó a su vez Pepe.

—Malas noticias de Venezuela. Nos ha llamado Pedro poco después de hablar con vosotros. Os llamamos, pero nadie contestaba.

Berta se llevó las manos a la boca para ahogar un grito y, de forma automática, se sentó en el sofá de entrada.

—¿Un accidente? ¿Un atraco? ¿Les ha pasado algo a los chicos? ¿Y Cristina...?

—Ha desaparecido...

—¿Desaparecido...?

—Sí. Un secuestro... no se sabe qué pudo haber pasado. Pedro dice que por el momento solo saben que ha desaparecido. No hay más noticias.

—¿Dónde desapareció...? ¿A dónde llevó ese desgraciado a mi hija?

—Berta, hija, cálmate... no te desesperes... Pedro dice que ya la policía está buscándola —señaló su madre al tiempo que se sentaba a su lado y la abrazaba.

—Aparentemente, todo ocurrió durante una excursión de los muchachos a un sitio que se llama... a ver… ¡Ya! ¡Canaima! —explicó su marido.

—¿Canaima...? —la voz de Berta sonaba sin fuerza.

—Sí hija. Ese parque natural de la selva amazónica...

—¿Selva amazónica...? ¿Papá, me estás diciendo que Cristina ha desaparecido en la selva amazónica...?

—Sí. Eso dijo Pedro...

—¡Dios quiera que no pase nada...! —sollozó Berta llevándose las manos al pecho, sintiendo, de repente una opresión.

—Respira hondo —le pidió su marido—. Querida, te estás hiperventilando.

—Berta sentía que se mareaba. Se dejó caer sobre los hombros de su madre.

—Rápido Pepe, un calmante... busca un calmante. Vamos a llevarla a la habitación... que se acueste.

Berta fue ayudada a levantarse y sus padres, tomándola cada uno por un brazo, la condujeron a la habitación matrimonial. Berta se encontraba en estado de *shock*.

—¡Yo sabía...! ¡Yo sabía que tarde o temprano esto iba a pasar...! ¡Es mi culpa por no haberlo evitado!

—¡No digas tonterías Berta! ¿Cómo ibas a saber tú que una desgracia como esta podría ocurrir?

—¡No, mamá! ¡Sí lo sabía! Don Pablo me había avisado...

—¿Don Pablo? —su madre dirigió una mirada interrogativa a su marido. Don Jaime puso semblante grave mientras ayudaba a Berta a acostarse y a quitarse los zapatos. Junto con su mujer, se dispuso a escuchar alguna revelación que había esperado durante años.

—¡Debí haber evitado a toda costa que Cristina fuese con su padre!

—Eso no era posible Berta. Tú no podías separar a padre e hija. No tenías el derecho de prohibir a tu hija...

—¡Sí lo tenía! ¡Si su vida, si su seguridad corría peligro, tenía todo el derecho del mundo...!

Don Jaime y doña Petra la miraron con tristeza. ¿Qué secreto les había ocultado su hija que ahora, en este momento de crisis, parecía surgir con tanta fuerza? En ese instante entraba Pepe con un vaso de agua y el calmante.

—¡No quiero calmantes! Necesito estar lúcida para saber lo que tengo que hacer. ¡Viajaré a Venezuela!

—Berta toma esto, duérmete, descansa... deja que me comunique con Pedro... mañana va a ser otro día. Si quieres voy arreglando todo para adquirir los pasajes. Nos iremos los dos. Pero ahora son las tres de la mañana, a esta hora no podemos hacer nada.

Berta se dejó convencer, tomó el calmante y procuró tranquilizarse. No quería decir nada que inquietase más a sus padres. Había secretos relacionados con Pedro que jamás les había revelado y, estaba segura, lo sospechaban. Jamás había mencionado la existencia de *El Finisterre* y todo lo que sabía sobre el ambiente de Las Guadalupes. No quería hacerlos sufrir más. Bastante disgusto habían tenido a raíz de su matrimonio y posterior separación matrimonial, en una época en que en España no existía el divorcio. Con todos estos pensamientos se fue quedando dormida por efecto del sedante.

Mientras, al otro lado del océano Atlántico, al norte de América Latina y al sur de Venezuela, un gallego de contextura menuda, pero recio y resistente, estaba hundido en su sillón delante del escritorio. Esperaba. Todavía esperaba. De repente, sintió el ladrido de los perros, los pasos lentos y pesados de María de la Concepción, el abrir y cerrar de la puerta, los pasos de Gregorio y Ramón dirigiéndose al estudio.

—Con su permiso, señor —dijo Ramón tras golpear suavemente la puerta como anuncio de entrada.

—¿Qué saben? ¿Qué han logrado averiguar? —preguntó impaciente Pedro a los dos hombres que, informados por Dorotea, una de las mujeres más viejas de la población, de lo que Inmaculada le había dicho, en el atardecer del lunes, no sabían cómo planteárselo al gallego.

—Nos hemos enterado, por Dorotea, de algo que le dijo la Inmaculada... —señaló Ramón.

—¿Inmaculada...?

—Sí, Inmaculada señor... —puntualizó Gregorio.

—¡Esa mujer está loca! —inquirió el gallego con el ceño fruncido.

—¡Pero los locos dicen verdades! —aclaró cautelosamente Gregorio con tono sordo—. Pero me temo, patrón, que lo que le vamos a decir no le va a gustar...

Pedro sospechó que, efectivamente, lo que le iban a decir no le iba a gustar.

—Según Dorotea, Inmaculada dijo que su hija ha sido secuestrada por la Cuaima.

—¡La Cuaima...! —Pedro alzó la voz para pronunciar aquel nombre que nunca había salido de sus labios. El sobrenombre con el que los mineros se referían a Isabel le había parecido siempre injusto y le disgustaba que se refiriesen a ella utilizándolo. Ramón y Gregorio lo sabían.

—¿Qué disparate es este?

—Le dije que no le iba a gustar —señaló cautelosamente Gregorio— ¡No se alarme patroncito! Usted nos pidió que le averiguásemos en Las Guadalupes lo que se podía saber del secuestro y cumplimos.

—¡Pero Isabel...! ¡Esto es absurdo! ¿Llamas averiguar a esto? ¿Cómo quieres que haga caso a lo que dice una loca que involucra a Isabel en el secuestro de mi hija? Esta demente, como muchos en su condición, no hace más que ser eco de los cuchicheos y chismorreos del pueblo. A Isabel nunca la han dejado tranquila en Las Guadalupes. No le perdonan que no haya querido ser como el resto de las mujeres del pueblo, y se ensañan con ella por esa dureza de carácter que ha necesitado para sobrevivir.

Gregorio y Ramón guardaron silencio. Sabían que cuando Pedro perdía el control era mejor no decir nada. Pocas veces lo perdía, pero cuando ocurría...

—¿No hay más información que la que ha conseguido Dorotea de Inmaculada...? ¡Es una birria...! —preguntó con acritud.

—Una birria que le ha costado la vida ... —apuntó Gregorio.

—¿Qué dices...?

—Inmaculada apareció muerta ayer de madrugada en el depósito de agua que está delante del baño colectivo del albergue del colombiano.

—¡Muerta...!

—Y Dorotea está asustada. A Inmaculada la encontraron esta mañana y tan pronto la policía se llevó al Chino, con quien había pasado la noche la infeliz, Dorotea nos buscó en *El Finisterre* y, a puerta cerrada, contó todo lo que sabía. A cambio quiere que la ayudemos a salir del pueblo en tanto se aclara la desaparición de Cristina. Piensa que a Inmaculada la mataron por lo que sabía del secuestro y cree que si sospechan que se lo contó, puede correr peligro de que le pase algo.

—¡¡Escúpanlo todo!! ¡Todo! ¡Todo! ¿De quién más habló Inmaculada con Dorotea?

—De Gumersindo...

—¡Pero si es el encargado de la concesión que le cedí a Isabel!

—¡Precisamente...! —puntualizó Ramón.

—¿Y creen que de verdad Isabel es responsable de la desaparición de mi hija? —replicó el gallego incrédulo.

—Sí patrón. Nos parece que es información que hay que tomar en cuenta. Mire, en el pueblo hace tiempo que se rumorea que Isabel no está muy contenta, porque no se ha sentido correspondida por usted como lo esperaba, e indican que, además, la Cuaima está celosa de su hija, ¿entiende? Por su parte, Gumersindo ha dicho, más de una vez, que con el actual rendimiento de la mina no va a conseguir los reales que necesita para poder retirarse... Está viejo y quiere irse, pero no como llegó...

Pedro miró a sus colaboradores con preocupación. Lo que decían comenzaba a tener sentido.

—¿Dicen que Isabel está descontenta? —Se levantó y, pensativo, dio unos pasos por la estancia. De repente se paró—. Pero si nunca le he notado nada... ¡Nunca me ha dicho nada!

—Patrón... las mujeres son así... ¡Dígamelo a mí! Cuando se reconcomian lo ocultan y se agazapan como los gatos salvajes para saltar en cualquier momento... —indicó Gregorio, sintiendo que le estaba abriendo los ojos a su jefe.

—¡Isabel no es como todas!

—Señor, nosotros cumplimos con contarle lo que Dorotea nos dijo.

Pedro, con tristeza, asintió. Ambos hombres lo miraron con compasión. No entendían la fidelidad ni el afecto inquebrantable que había demostrado por aquella mujer que había ocupado los últimos quince años de su vida. Pero, la verdad, hay que decirlo... no entendían por qué, si no se le había conocido otra mujer, no había convertido a la Cuaima en su concubina oficial, haciendo que se trasladase a vivir a la Bachaquera. ¡Seguro que eso era lo que no le perdonaba Isabel! Después de tantos años en el pueblo de Las Guadalupes se decía que, a pesar de continuar con ella, si no convivían era porque no la quería tanto como se podía pensar.

—En los últimos años Isabel ha cambiado mucho, patrón. A lo mejor usted no se ha dado cuenta, pero los que vemos las cosas desde fuera sí nos percatamos...

Pedro bajó la vista. No quiso enfrentar la mirada inquisidora de sus interlocutores. Temía que se pudiese traslucir que lo que decían no le era tan ajeno como quería hacer ver. Sabía que en los últimos años Isabel guardaba dentro de sí cierta insatisfacción que la había conducido a comportamientos inusuales en ella: bebía y se relacionaba con otros hombres; salía de juerga en grupo y le constaba que más de una vez había terminado ebria. Sin embargo, no quiso ver en esto un comportamiento que buscaba llamar su atención. Lo atribuyó, por el contrario, a una cierta madurez de Isabel, así como a hacer uso de una seguridad y libertad que anteriormente no había sentido. Entre ellos estas salidas no habían causado conflicto, primero porque Pedro no creía que se debiesen fidelidad. Si ambos se la habían guardado había sido porque sus caracteres no les permitían tener relaciones esporádicas y ocasionales con otras personas. Por lo menos así lo creía él. Jamás se imaginó... o mejor dicho, jamás quiso creer que Isabel le guardaba fidelidad esperando algo más... ¿Matrimonio, quizás? ¡Si las mujeres que conocía del pueblo no se casaban! ¡Se arrejuntaban! Pero, para él, casarse o arrejuntarse era lo mismo.

—¿No se le ha ocurrido que Isabel no le perdone que usted no se la haya traído a vivir para la Bachaquera como su mujer reconocida ante todos? —preguntó Ramón, asombrado de su valor para hacerle la pregunta que tantos años retenía en la punta de la lengua.

—Las mujeres son muy rencorosas, patrón... un disgusto hoy... otro mañana... y las que no pelean... las que no exigen... las que obran calladitamente... esas... ¡son las peores!

—Es posible que Isabel me odie, pero no creo que su rencor sea suficiente razón como para que ella sea la responsable de la desaparición de mi hija, ni de la petición de rescate que me han hecho. Si fue eso todo lo que lograron averiguar, será mejor que sigan buscando porque me parece que vamos por mal camino. ¿Qué hay con el tal Teófilo? Este hombre quiere verme fuera de Las Guadalupes. Le encantaría quedarse con *El Finisterre* para poder hacer y deshacer a su gusto.

Ramón y Gregorio se miraron como preguntándose si deberían decir todo lo que sabían...

—¡Qué caray! Si no nos cree nada podremos hacer, pero quedaremos tranquilos —le dijo Gregorio bruscamente a Ramón.

—¿Qué es lo que no les voy a creer? —preguntó Pedro perplejo.

—Mire, se dice que la Cuaima se ha convertido en la amante de Teófilo —le contestó Ramón, decidido a enfrentar la incredulidad de su jefe.

—¿Qué...?

—Sí, patrón, todo el mundo sabe que la Isabel comparte cama con ese hombre...

Pedro rodeó la mesa del despacho y, sin quitar la vista del suelo, les dijo a los dos empleados:

—Si mezclan a ese hombre en los rumores... entonces... todo puede ser posible. ¿Creen que podrán averiguar alguna cosa más?

—Pa eso estamos. Desde ahora mismitico vamos a seguir averiguando —exclamó Gregorio exultante de júbilo al ver que, finalmente, Pedro entendía la situación.

—Hablen con los policías que están investigando lo de Cristina y la muerte de Inmaculada. Traten de sacarles información sobre lo que haya dicho el Chino, extraoficialmente; todo lo que sepan. No importa que mañana nos den los informes oficiales. Yo me encargo personalmente de Isabel. Y si hay que engrasar las manos que sean necesarias, se engrasan…

—Bien patrón. A sus órdenes.

Ambos hombres se dirigieron hacia la salida. Cuando la puerta del estudio se cerró tras ellos, Pedro decidió que salía esa misma noche para Las Guadalupes. Tenía que hablar con Isabel.

—¡María de la Concepción!

—¿Señor...?

—Me voy a Las Guadalupes. Salgo ahora mismo. Llevo el celular... Si hay noticias me llamas.

—Como usted mande.

Pedro salió y se perdió en la negrura de la noche. El teléfono tras él sonaba.

11 ¡Esto se complica!

$\mathscr{P}$epe colgó el auricular. Se volvió hacia su mujer, suegros y cuñados. Todos esperaban con impaciencia sus palabras. Berta, con cara demacrada, lo miraba con ojos desorbitados. Su rostro parecía haberse alargado en una noche. Pepe metió las manos en el bolsillo y mirando hacia sus castellanos vinotinto, bien lustrados, comenzó a levantar y bajar la punta de los mismos. Recién había estado hablando con el sobrino de Berta en Venezuela. Era cerca del mediodía del lunes y ya hacía cuatro días que Cristina estaba en paradero desconocido.

—Manolo dice que al tercer día de estancia en Canaima fueron de excursión, organizada por la gerencia del campamento, a una cascada que se conoce como el Salto del Sapo. Aparentemente, después de una media hora de navegación en bongo por un río... creo que le llamó El Carrao... y otra media hora de caminar por la selva, llegaron hasta el comienzo del salto, pasaron por un estrecho paso natural, creado en la roca y cubierto por la cortina de agua.

—Este tramo está, aparentemente, cercado por una cuerda que han colocado las autoridades del lugar, pero la roca mojada resulta resbaladiza y el despeñadero tiene unos cinco metros de alto. Ana estaba temerosa y sus hermanos la flanquearon, uno por delante y otro por detrás, en tanto Cristina se quedó en la retaguardia. Delante iba el resto de los integrantes de la excursión acompañados por el guía. Al llegar al otro lado del pasillo de piedra, Manolo, al ver que Cristina no los había seguido, regresó a buscarla y ya no la encontró. Desde ese momento no se ha vuelto a saber nada de ella.

Los cinco interlocutores guardaron silencio. No sabían qué decir. Maruja, hermana de Berta y madre de los tres jóvenes acompañantes de Cristina, estaba consternada por la desaparición de su sobrina y, al mismo tiempo, aliviada de saber que sus vástagos estaban a salvo en la Bachaquera.

—Manolo dice que después de buscarla, con la ayuda del guía y algunos de los participantes del grupo de excursionistas, decidieron regresar al campamento y dar parte a las autoridades. También llamaron a Pedro. A los dos días de infructuoso rastreo, los chicos salieron rumbo a Ciudad Bolívar y, desde ese momento, esperan los resultados de las investigaciones policiales.

—¿Tiene alguna pista la policía? —preguntó Berta con un hilo de voz ronca.

—Parece que sí, pero no quieren dar informaciones hasta que no esté la situación dominada.

—¿Pidieron rescate?

—Sí. Piden 150 millones de bolívares.

—¿Cuánto es en pesetas? —inquirió la abuela.

—Al cambio actual, unos treinta millones de pesetas —contestó Pepe.

—¿Y Pedro dispone de tanto dinero? —preguntó asombrada su madre a Berta.

—No tengo idea, madre —respondió ésta con desgana.

—Pues más vale que lo tenga —intervino su padre.

—¿Qué pasará si no puede pagar? —inquirió su hermana.

—¡Lo conseguirá! —puntualizó el cuñado.

—Pepe, quisiera que fueses a la agencia y consiguieses los pasajes...

—¡Pero Berta...! ¿Qué vamos a hacer en Venezuela? Querida, para esperar el resultado de los acontecimientos da lo mismo estar allá que aquí. ¡Ten paciencia!

Con su aletargamiento, resultado de los calmantes, Berta no pudo ni contestar. Reconocía que su marido tenía razón y su estado de sedación le ayudaba a tener la resignación que, de otro modo, no habría conseguido. Tenía sueño. Se levantó y pidió que la ayudasen a llegar hasta su habitación. Una vez entre las sábanas, dejó que su pensamiento regresase casi 20 años en el tiempo. Recordó su conversación con el padre Pablo.

—Hija, tu deber es estar al lado de tu marido en las malas y en las buenas. ¡Tú lo elegiste libremente como compañero!

—No padre. Yo no lo elegí libremente. Él nunca me contó la verdad. Si lo hubiese hecho, no me habría casado con el dueño de un prostíbulo.

—Bien, pero lo hiciste. Te uniste con él ante Dios y los hombres. Tú eres cristiana y católica. Sabes bien que lo que Dios une los hombres no lo pueden separar y, aun cuando el divorcio existe en Venezuela, no existe en España. ¡Tú te casaste allá!

—¿Y qué me sugiere que haga?

—Convence a Pedro para que regreséis a Galicia. Que monte un negocio en La Coruña...

—¡Ya intenté convencerlo! No aceptó y ni creo que lo haga en el futuro. Está adaptado a esta vida y no tiene otras expectativas.

—¡Pero tú sí las tienes! ¡Compártelas con él! ¡No te des por vencida! ¡Inténtalo de nuevo! El mundo de las minas es un nido de pasiones extremas donde se cultivan las relaciones humanas más intensas: tanto las de amor como las de odio. Si las primeras te brindan amigos cuya fidelidad, por estar constantemente a prueba, es duradera, también te dan enemigos cuya venganza puede ser terrible.

—¿Pedro tiene enemigos...?

—¡Los tiene! ¡Claro que los tiene! Todos en Ciudad Bolívar lo saben... Pedro escogió la vida que lleva, pero no tiene derecho a exponer a su familia a los peligros de un revanchismo absurdo por rivalidades personales...

—¿Cree que mi hija y yo estaríamos expuestas...?

—¡Es lo que, normalmente, pasa! Los cobardes se ensañan con los débiles, no con los fuertes... Y entre los enemigos de Pedro hay mucho cobarde...

Aquella conversación la rememoró una y otra vez durante el tiempo que permaneció en Venezuela. Una vez en España, con el tiempo y las heridas cicatrizadas, la había arrinconado en el baúl de los recuerdos. Ahora aparecía, arrojando una posible respuesta a la desaparición de su hija. «¿Buscarán dinero solamente? ¿No querrán vengarse por alguna discrepancia con el dueño de *El Finisterre*?». La segunda interrogante le inquietaba. Si algún enemigo quería hacerle daño a Pedro, a través de su hija, ésta estaba, posiblemente, en un peligro mayor del que era capaz de imaginar. ¿Qué serían capaces de hacerle?

La misma pregunta se la hacía Pedro en su despacho de *El Finisterre*. Tras pasar toda la noche del lunes en la carretera, estaba ahora sentado en su oficina. Había mandado llamar a Isabel y esperaba su llegada inquieto. Si lo que Gregorio y Ramón habían averiguado era cierto, Cristina corría peligro. Si Teófilo estaba involucrado en la desaparición de su hija, la situación se ponía seria... Ese hombre lo odiaba. Quería verlo lejos del pueblo. «A ese desgraciado le gustaría tener en sus manos el control de *El Finisterre*», se dijo a sí mismo. Eran las nueve de la mañana. Isabel tendría que aparecer de un momento a otro. Joao, el encargado del bar, le había enviado el mensaje.

—Está en el rancho de su madre —le había dicho a Pedro—. Vino a recoger unos papeles que, aparentemente, le hacen falta para solucionar algún problema legal en el hospital de Ciudad Bolívar.

—¿En el hospital?

—Sí, señor. Su madre tiene cáncer en el hígado... —comentó en un susurro el portugués.

—¡No sabía nada!

—¡Lo sabe todo el mundo!

—¡Menos yo!

El cocinero se encogió de hombros. Miró a Pedro desapasionadamente.

—Y si lo supiese, ¿qué podría hacer usted?

Pedro escrutó a su empleado. Estaba modelado a su imagen y semejanza. Lo mismo hubiese pensado él antes de los últimos acontecimientos. Pero ahora se preguntaba si no habría sido demasiado inhumano con Isabel, no tomando en cuenta las necesidades y los anhelos que ésta podría tener.

—¡Claro! ¡Tienes razón! ¿Qué podría hacer? Lo mismo que hago ahora, ¡nada! —le contestó con voz tenue y cansada.

Pensando en esta conversación, se quedó en su despacho a la espera de ver aparecer a Isabel. Ya tenía una excusa para verla. Así, cuando apareció por la puerta, lo primero que le pregunto fue:

—¿Cómo está tu madre?

—¡Mal! —contestó Isabel consternada— ¿Para qué me has mandado a llamar?

—No me habías dicho que Cecilia estaba en el hospital.

—¿Para qué lo querías saber?

Pedro bajó la mirada. Estaba de pie y no sabía, exactamente, cómo obrar en aquella situación. Cuando sus ojos se dirigieron al rostro de Isabel, dejaban traslucir un pesar infinito.

—¿Crees que no tengo razones para interesarme por la salud de tu madre?

Isabel se encogió de hombros. No estaba preparada para aquella conversación.

—Pedro, tú nunca te has interesado por mi madre.

—Nunca había estado enferma.

—¡Ya!

—Si necesitas que te ayude en algo; dinero...

—¡No! No es necesario. Está muy mal. Los médicos han dicho que va a morir en un plazo de siete días. El cáncer está muy extendido y su muerte va a ser muy dolorosa. En el hospital de Ciudad Bolívar no tienen los calmantes necesarios para amortiguarle el dolor. Por eso me la llevo a una clínica privada de Caracas. El argentino paga la mitad de los gastos.

—¿Cuándo te enteraste de que estaba enferma? —preguntó Pedro.

—Hace dos días. ¡Por cierto!, tampoco tú me había dicho que habían secuestrado a tu hija. ¿Se sabe algo de ella? —comentó Isabel, sacando el tema ella misma para tranquilidad de Pedro.

—¡Nada! La policía investiga, pero todavía es muy pronto —respondió relajándose. ¿Cómo podían pensar que Isabel estaba involucrada en el secuestro? Era evidente que eran habladurías.

—¿Pidieron rescate? —preguntó Isabel con auténtico interés.

—Sí. Ciento cincuenta millones de bolívares...

—¿Los tienes?

—No. Pero se pueden conseguir...

—¿Tienes idea de quiénes pudieron ser los autores del secuestro?

—No. ¿Y tú? ¿Quién se te ocurre que podría ser el responsable? ¿Quién querría hacerme daño?

—No me imagino... ¡Tú sabrás quién no te quiere bien!

—¡Vamos Isabel! ¿No te lo puedes imaginar? ¡No seas ingenua! Alguien que esté dolido, que quiera vengarse... ¡Teófilo, por ejemplo...!

Isabel se removió inquieta en el sillón.

—¿Teófilo? —preguntó con un hilo de voz.

—¡No me digas que no sabes que me odia!

—Sí, claro que estoy enterada de vuestra rivalidad, pero no creo que sea como para... ¿No pensarás que él la secuestró?

—Ya no sé qué creer ni qué pensar. Dime Isabel, ¿qué hay de cierto en los rumores que te señalan como la amante de ese hombre?

Isabel desvió la mirada. Le daba vergüenza verse descubierta, pero ya había asumido que tendría que pasar.

—¡Todo! —dijo con un suspiro.

—¿Pero por qué? ¿Estás enamorada de él? ¿Crees que te quiere?

—¡Claro que estoy enamorada y, por supuesto, creo que me quiere! Si no, ¿cómo piensas...?

—¡Pero Isabel! ¡Cómo puedes ser tan incauta! ¡Parece mentira! Tú que has crecido en Las Guadalupes, que has visto más de lo que muchas personas verán en toda su vida, ¿no se te ha ocurrido pensar que quizás lo que ese hombre busca es utilizarte?

—¡Pero...!

—¡Isabel, estoy seguro de que Teófilo quiere quedarse con *El Finisterre*! Desea, a través de mi negocio, controlar el pueblo. Sabe la influencia que hemos logrado durante todos estos años en la zona y quiere aprovecharse de ello y, conmigo al frente, no lo va a conseguir.

—¿Entonces...? —preguntó aturdida— ¿Crees que él se aprovechó de mí para...?

—Lo creo... ¡Pero si presume de tirarse a cuanta modelo o *miss* existe en este país...! ¿Cómo pudiste caer en las mismas trampas que ejercita para atrapar a esas desprevenidas jovencitas?

—¿Piensas seriamente que él es el responsable del secuestro de tu hija?

—Tengo la certeza absoluta. Isabel, Inmaculada le ha dicho a Dorotea que tú y Gumersindo estáis involucrados en el secuestro de Cristina.

—¿Yo? Pero, ¿cómo...?

—Después de decirle eso a varias personas apareció muerta en uno de los depósitos de agua del nuevo albergue.

—¿Muerta?

—Ahogada... La policía está investigando... ¡Ya ves! ¡Esto se complica...!

—¿No creerás...? Yo he estado con mi madre en el hospital de Ciudad Bolívar.

—No creo nada, pero me gustaría saber qué pasa con Gumersindo. ¿Has tenido problemas con él?

—¿Por qué preguntas eso? Quiere retirarse... se queja de la repartición del oro. Dice que lo que le toca no es suficiente...

—Sí. Ya tengo información sobre eso. ¿Crees que podría estar involucrado con Teófilo?

—¿Piensas firmemente que Teófilo es el responsable?

—Cada momento que pasa me convenzo más. Estoy seguro que, con la información que consiguió gracias a lo que le puedas haber contado, pudo trazar su plan cuidadosamente para secuestrar a Cristina. ¡El caso es saber a dónde la llevó...!

Isabel guardó silencio. Inesperadamente sintió su cara acalorada. La indignación de sentirse utilizada casi la asfixiaba. De repente tuvo una idea...

—Tiene una casa-refugio en la Gran Sabana. Yo he estado allí. Posiblemente, si él fue quien la secuestró, tu hija podría estar allá. Es un lugar muy distante, inaccesible, muy difícil de encontrar...

—¿Sabrías indicarnos dónde está en el mapa?

—No. Pero Chiripa sí...

—¿Tu pupilo...?

—Sí. Me acompañó un fin de semana. Cuando salga de aquí lo busco y te lo mando.

La pareja guardó silencio un momento. No sabían qué decirse. De repente Pedro lo rompió con una reflexión.

—El caso es que un acontecimiento como este obliga a hacer un repaso de la propia existencia... —tras decir esto se quedó mirando a una Isabel cada vez más perpleja.

—¿Qué quieres decir? —preguntó en un susurro inaudible su interlocutora, que se sentía viviendo una situación irreal.

—Se mira atrás y se ven... —continuó Pedro, sorprendido por escucharse a sí mismo.

—¿Qué? —inquirió Isabel.

—Los errores cometidos —terminó de decir el gallego... ¡Qué difícil se le hacía decir lo que sentía!

—¿Como cuáles? —preguntó esperanzada, temerosa de que el momento mágico se interrumpiese.

—No haber regresado con mi mujer a España, mi divorcio...

—¡Ah! ¡Eso! ¿Te arrepientes de haberte quedado en Venezuela? —preguntó con desazón.

—No. Realmente no. Pero las circunstancias obligan a que me pregunte si no hubiese sido mejor seguir a Berta.

—¿Te reprochas por lo nuestro?

—En cierta forma... No te he querido como lo merecías, a pesar de que lo intenté.

Isabel sentía que le estaban clavando un puñal. Lo miró con tristeza.

—Isabel... ¿Estás contenta con nuestra relación? ¿Te basta lo que tenemos?

—Pues ya que me lo preguntas... ¡No! No estoy contenta. Durante años fui feliz contigo, pero llegó un momento en que esperé más de ti... Pero por lo que veo era un imposible. Pero no lo quería reconocer.

—¿Qué esperaste?

—Una convivencia más estrecha... compartir ya no solo la cama sino la misma casa...

—¡Ya!

—¿Por qué no me lo pediste?

—¿Habrías accedido?

Pedro se sentó en la silla del escritorio. Se recostó y, entrecerrando sus ojos, la miró fijamente. Sentía que después de tantos años, esa era la primera vez que la veía. Por su parte Isabel, que hasta dos meses atrás había guardado dentro de sí un rencor que la destruía, descubrió que enfrentarse a la muerte de Cecilia, primero, y a esta confesión, era como encarar su propio fin. De alguna manera su vida estaba construida con base en el antagonismo con su progenitora durante tantos años, y alrededor de la esperanza del amor de Pedro. Ahora sentía que, en la medida que la vida de Cecilia se desvanecía, el sentimiento de oposición se iba con ella. Y, en ese momento, ante la confesión de su amante, sentía que todos sus anhelos, sus deseos se desvanecían...

—No conseguir lo que esperabas de mí ¿te condujo a sentir odio?

—No, pero sí sentí un gran despecho. Ello me llevó a aferrarme a Teófilo.

—¿Suficiente como para buscar herirme...?

—¡Sí!

—¡No te lo reprocho! En cierta manera he jugado con tus sentimientos... No voluntariamente. Yo también fui víctima de mis propios fantasmas. A mi regreso tendremos que hablar. Lo cierto es que últimamente he estado pensado en abandonar el pueblo. Ya ves, Teófilo, de una manera u otra, iba a conseguir lo que perseguía.

Guardó silencio mientras Isabel lo miraba con ojos húmedos. ¡Cuánto dolor se habían causado mutuamente!

—Había pensado que tú podrías acompañarme... Si te lo pidiese, ¿vendrías conmigo? —le preguntó un Pedro temeroso de la respuesta.

—¡Es lo que siempre he deseado: que me saques de este hueco de miasmas! —contestó una Isabel incrédula

—¡Bien! Cuando esto termine hablamos. Para nosotros Las Guadalupes se van a convertir en un recuerdo del pasado. Nos iremos lejos. Por el momento ocúpate de tu madre. Sigue comportándote con Teófilo como si no hubiésemos hablado. ¡Que no sospeche nada! Si él es el responsable de todo, es peligroso. La muerte de Inmaculada lo confirma. Quizás una manera de hacerle ver que no pasa nada sería pidiéndole ayuda. Tiene amigos que podrían facilitarte una avioneta para trasladar a Cecilia a Caracas. Llámalo, pídele ese favor. A ver si ganamos tiempo. Si sospecha que andamos sobre su pista...

—¡Lo llamaré! De paso voy a ver si consigo saber algo... tal vez...

—¡No! No te arriesgues. Pídele a Joao su celular... Ya le conseguiré otro... Si llegas a enterarte de algo, ¡comunícate!

Tras despedirse de Isabel, Joao le notificó a Pedro que Eusebio estaba en *El Finisterre* buscándolo. El gallego se sorprendió por la inusual hora de la visita del paisano.

—Además, es martes… debería estar en las minas... —le comentó al portugués— Dile que pase.

Ese mismo día Isabel se comunicó con Teófilo. El hombre recibió la llamada con muestras de júbilo. Estaba deseoso de comunicarse con la Cuaima para poder obtener información de Pedro. A esas alturas ya había sido informado por sus hombres de que Gumersindo, el brasileño encargado de la concesión de Isabel, era el responsable de que Inmaculada terminase sus días con la cabeza metida en el depósito de agua del nuevo albergue. En la madrugada del domingo se dirigía al baño colectivo, después de pasar la noche en *El Finisterre* jugando al dominó con otros mineros, cuando se encontró con Inmaculada que, inmediatamente, lo acusó del secuestro de Cristina. «Tú, junto con tu jefa la Cuaima y los hombres de Teófilo...», le había dicho. No tuvo tiempo de añadir nada más. Gumersindo reaccionó con cólera y la agredió. En la refriega, con la intención de callarla, le metió la cabeza en el depósito de agua y la mantuvo sumergida hasta que el cuerpo quedó inerte. Entonces lo arrojó dentro. A continuación, tras asegurarse de que nadie lo había visto, abandonó, apresuradamente, el lugar. Posteriormente contactó con los hombres de Teófilo y les contó lo acontecido. Éstos se lo transmitieron al comerciante que, irritado, comentó: «¿Está loco? ¿Quiere meternos en un lío? ¡Esto se complica!».

—Lo sabía todo. Como se lo dijo en su cara, se lo habrá dicho a cualquiera —le comentaron sus esbirros.

A partir de ese momento comenzaron a cavilar sobre cómo la mujer se pudo enterar de que ellos eran los responsables del secuestro. A alguien se le ocurrió que la única ocasión se remontaba a un atardecer, en las afueras del poblado, cuando cuatro de los hombres de Teófilo ultimaban algunos detalles relacionados con la colaboración de Gumersindo. «Últimamente a esa furcia se la tiraban en cualquier rincón de los alrededores del pueblo. Cada vez que la encontraban los mineros empobrecidos, tras perder todo lo que tenían y borrachos, desahogaban su frustración y rabia con la pobre lunática. Entre los calores del alcohol y el buen revolcón que le habrán dado, se habría quedado extenuada, como ya había ocurrido en más de una ocasión, y quizás, sin que nos diésemos cuenta, pudo estar tirada entre los matorrales mientras escuchaba». ¿Y si había algún hombre con ella?, apuntó Teófilo. Si ella estaba tan oculta como para no ser vista, también lo podía estar su acompañante. Entonces él también estaría al tanto de lo que allí se habló. Y si no había nadie y estaba sola, ¿a cuántas personas les habría contado lo que escuchó?

Mientras el grupo analizaba los pormenores del caso, Gumersindo se enteraba de los pasos dados por la víctima momentos antes de morir en sus manos. La policía, tras descubrir el cadáver, investigó entre los habitantes del pueblo todo lo relativo a las últimas horas de vida de la occisa. De esta manera se supo que el sábado en la noche, Inmaculada, ebria, entre abrazo y abrazo, se había ido con el Chino a su alojamiento en el destartalado albergue. Inmediatamente Gumersindo se puso alerta. ¿Qué le contaría este hombre a la policía? ¿ Inmaculada le habría dicho algo al Chino? Estaba empapado en alcohol. Si le dijo algo, no creía que se hubiese enterado... De todas maneras, una vez informado, Teófilo calculó que la conversación entre sus hombres y el viejo minero había ocurrido el jueves a última hora de la tarde, después de secuestrar a Cristina el miércoles al mediodía... De tal manera que Teófilo, que estaba contrariado por el giro que tomaban los acontecimientos, mandó a sus hombres a realizar pesquisas paralelas a las de la policía para saber con quiénes había hablado la prostituta y conocer los comentarios que circulaban entre los vecinos. «Pase lo que pase hay que trasladar, cuanto antes, a la catira. No sabemos lo que escuchó la furcia ni qué dijo a la gente de Las Guadalupes antes de su muerte, pero si llega a oídos de Pedro y la policía termina averiguando que la tenemos en el campamento de la Gran Sabana, estamos perdidos».

Por su parte, Dorotea, una negra, concubina de un minero portugués, madre de cuatro niños, estaba aguardando los acontecimientos en su rancho. Sabía que, tras la muerte de Inmaculada corría peligro. Lo que la colombiana le había contado era grave. ¡Menos mal que no había comentado nada a los vecinos sobre lo que le había dicho! Eso sí, tan pronto pudo, le contó todo a Gregorio. Él hablaría con Pedro y verían lo que hacían, pero mientras, tenía miedo y estaba pensando que tal vez sería mejor alejarse de Las

Guadalupes un tiempo; pero, ¿a dónde? Joaquín, el portugués, no estaba en el rancho ese fin de semana. Habló con Inmaculada el viernes en la tarde y el lunes en la madrugada apareció muerta. Ahora estaba segura de que tenía que mantener la boca cerrada: «Las paredes pueden tener oídos» se había dicho. Por eso cuando vio aparecer ese mismo lunes al mediodía a Gregorio y Ramón les solicitó audiencia en las oficinas de *El Finisterre*. Entre las paredes del refugio del gallego se sentía segura.

El miércoles en la mañana, después de hablar con Isabel, Pedro la mandó a buscar con un hombre de confianza. «Recoge lo que necesites llevar. Te vas para la Bachaquera. Allí estarás segura», fue su lacónica explicación. Antes de partir, volvió a narrar parte de lo que sabía, enfatizando que la información que le había dado la colombiana se refería a Gumersindo e Isabel. Nada había dicho sobre Teófilo. ¡Le extrañaba! Pero esa misma mañana del martes, antes de que pudiese decidir qué más se podía hacer, había aparecido en el bar Eusebio con su propia versión de los acontecimientos.

Al mediodía el dueño de *El Finisterre* se reunió con Gregorio y Ramón. Saldrían rumbo al refugio de la Gran Sabana con la ayuda de Chiripa, un jovencito hijo de una de las mujeres del pueblo, negro como el carbón, pequeño y muy delgado, características que le habían hecho merecedor del sobrenombre por el que se le conocía*; según los datos de Chiripa, el refugio de Teófilo se encontraba hacia el sur, en los alrededores del río Aponwao.

En esta zona los habitantes de la etnia pemón habían asumido, durante la primera parte de la década de los 90, privilegios turísticos de forma violenta, desplazando a otros venezolanos interesados en desarrollar en la región este negocio. Esta situación favorecía los planes de Pedro, a quien se le ocurrió buscar entre el grupo indígena algún integrante que les condujese en curiara. Una vez cerca del refugio seguirían a pie. Esa misma tarde salieron hacia el lugar en un todoterreno.

En ese mismo momento Teófilo, en Ciudad Bolívar había seguido una rutina parecida. Después de atender a Isabel y enterarse de lo que quería, había arreglado con sus contactos la posibilidad de disponer de una avioneta que trasladase a Cecilia al aeropuerto de La Carlota en Caracas. Desde allí sería llevada a una de las lujosas clínicas caraqueñas, donde le aplicarían los calmantes que le permitirían morir sin sufrimiento. Tras hacer los arreglos pertinentes se dirigió, personalmente, al refugio de la Gran Sabana para programar el traslado de Cristina a otro lugar. «Si es necesario nos pasamos a Brasil», le había dicho a sus hombres. Viajó hacia el lugar en avioneta, de tal manera que, una vez en el aeropuerto de la capital de Guayana, llegó al refugio en unos tres cuartos de hora. Hasta ese momento no había visto a Cristina. La recordaba del encuentro en el negocio de María del Rosario: «joven, blanquita, apetitosa», se dijo con sorna. «¿Y si antes de que se la lleven le hago una visitica? ¿Y si además de haberme tirado a su mujer me tiro a la hija? Total no me conoce. Esta no ha estado en Las Guadalupes. Pero no, mejor no... llegan a sospechar, le muestran una foto mía y no te cuento lo que podría pasar; pero si...» y siguió con sus cavilaciones mientras se dirigía hacia el recinto.

Una vez en su destino, se interesó por los pormenores del secuestro: cuando Cristina se quedó atrás en el Salto del Sapo, uno de sus hombres, que seguían al grupo, la abrazó por la espalda al tiempo que le tapaba la boca. Luego procedieron a arrastrarla lejos de la cascada, donde la vendaron y la ataron. A continuación la cargaron hasta depositarla en el fondo de una curiara que los esperaba en el Carrao, la taparon con una manta y arrancaron el motor de la embarcación.

Más tarde la hija de Pedro recordaría cómo escuchó que el ruido del motor de la curiara aminoraba cuando se acercaron a la orilla del río. Efectivamente, los tres hombres volvieron a trasladarla hacia lo que percibió era un todoterreno. Durante parte del trayecto estuvo dormida, a consecuencia de un calmante que le inyectaron. Al despertarse se encontró con un fuerte dolor de cabeza y en una habitación oscura, cuyas ventanas estaban tapadas con tablas clavadas a la pared. En el recinto había un baño y, al principio, ella permanecía atada, solo la soltaban para comer y luego la volvían a atar. Esta situación permaneció así hasta que llegó Teófilo y ordenó que la desataran definitivamente. «No hace falta tanta precaución. Trátenla bien. Que no le pase nada. Lo advierto».

A continuación él se dedicó, personalmente, a preparar la marcha del grupo con Cristina: hora de salida, destino... Sería al día siguiente, el lunes en la madrugada. Pasarían la frontera por Santa Elena de Uairén y llegarían a un pueblo en Brasil conocido por Gumersindo, quien ya había señalado el trayecto en el mapa.

Mientras, Pedro, junto con Gregorio, Ramón, Chiripa y un indio pemón residenciado en Guasipati, a quien le ofrecieron una fuerte suma por acompañarlos, habían rodado hacia el lugar en un todoterreno hasta llegar al salto Chinak Merú. A partir de ahí dos indios más condujeron la curiara por el río Aponwao. Eran las doce de la noche. Los siete hombres, preparados con pistolas, emprendieron el trayecto dispuestos a todo. Antes de salir, los pemones habían recabado información sobre la casa y las costumbres de la gente que solía habitarla. «No suelen estar más de cuatro individuos y una india que les prepara la comida», informaron. Esperaban llegar a las dos de la madrugada del miércoles al lugar.

12 Para vivir bien no hay nada como ser zorra

A las dos de la madrugada del sábado, Isabel y Cecilia entraban por la puerta principal de la clínica caraqueña. Su llegada fue, por capricho del destino, presenciada por una joven periodista de un diario caraqueño que se encontraba fumando en el pasillo de la planta donde estaba el dormitorio de Cecilia. La reportera se encontraba acompañando a su padre, enfermo en una habitación contigua. Su olfato periodístico comenzó a funcionar tan pronto vio aparecer a las dos mujeres: «No son caraqueñas. ¡Qué aspecto más raro! Parece que vienen del interior del país. Para estar aquí tienen que tener reales, pero... ¡juraría que tienen aspecto de... ¿marginales?!». Con estas interrogantes la profesional del periodismo pasó las horas muertas de su desvelo en el centro hospitalario. Trató de indagar, pero lo único que consiguió saber fue que la ingresada estaba enferma del hígado. No obstante, esta información fue un detonante para una mente inquisitiva que estaba siempre pendiente de escudriñar lo que ocurre alrededor. Su imaginación, fructífera a la hora de relacionar hechos, comenzó a pensar en una famosa guerrillera venezolana de los años sesenta que tenía fama de bebedora. «Tendrá cirrosis. Se le habrá escoñetado el hígado de tanto ron», se dijo. A la mañana siguiente llamó a la redacción de su periódico, el único vespertino de la capital venezolana, y le sugirió a su jefe investigar el caso entre sus fuentes de las fuerzas de seguridad del Estado.

A Cecilia e Isabel las había acompañado un guardaespaldas, asignado por Teófilo en un aparente alarde de generosidad. Más tarde, aparte, le había señalado al hombre la necesidad de mantener una estrecha vigilancia sobre la Cuaima. «Estate atento a todos sus movimientos. Especialmente vigila a ver qué habla y con quién». El aspecto de matón del individuo, que se plantó en la puerta de la habitación de Cecilia, hizo pensar a la periodista en un agente de la División de Inteligencia de la Policía venezolana.

Con todos estos datos equívocos, la periodista alertó a su redactor jefe para que investigase, a través de su reportero asignado en la fuente de sucesos, sobre el caso de la exguerrillera venezolana, de cuya presencia se sospechaba en la clínica caraqueña. Inmediatamente el reportero procedió a investigar la veracidad de los datos con los jefes de la PTJ que, perplejos, procedieron a su vez a averiguar de donde había salido la información. De esta manera, a media mañana del domingo hicieron acto de presencia en el centro hospitalario algunos representantes de la PTJ, amén de una media docena de periodistas de diferentes medios, para hacer averiguaciones sobre las dos mujeres y el hombre. Con los datos en la mano, y tras asegurarse de que Cecilia no era la guerrillera que estaban buscando, regresaron a las oficinas de sus respectivos cuerpos, dejando atónito al personal de la clínica que no se imaginaban cómo se había organizado el revuelo.

Isabel fue interrogada por los agentes de los cuerpos de seguridad del Estado, con el objetivo de verificar la identidad de las dos mujeres y el hombre que las acompañaba. Tras cerciorarse de que no tenían relación con ningún grupo subversivo, los oficiales encargados de las averiguaciones se sorprendieron de descubrir que las dos mujeres parecían ser prostitutas comunes de uno de los pueblos mineros de Guayana. «¡Carajo con estas mujercitas! ¿Quién lo diría? Mira que darse el lujo de venir a morir en una clínica privada de la capital...», comentó a su superior uno de los sargentos de la PTJ. El mismo asombro cundía entre los principales jefes. «No, si ya lo he dicho en más de una ocasión: en este país, para vivir bien, si eres mujer, no hay nada como ser zorra», había comentado guasonamente un subalterno. No obstante, para verificar los datos, ambos cuerpos de policía los cruzaron con las autoridades de Ciudad Bolívar. De esta manera se enteraron de la identidad real de los tres sujetos investigados.

El guardaespaldas comunicó inmediatamente a su jefe los pormenores de las averiguaciones que la policía había realizado en Caracas. «¡Coño!, se nos están torciendo los planes por todos lados. Mira que tenemos mala suerte. Pensar que esas dos mugrientas llamen la atención tan pronto llegan a la capital... ¡Joder! ¿Quién lo diría?», comentó Teófilo. «Estate pendiente de lo que salga en los periódicos y tenme informado de todos los detalles. No permitas que esas mujeres monten la de Dios por esos lares».

La advertencia de Teófilo estaba de más. Desde el mismo día que se organizó el revuelo, tanto Isabel como su acompañante revisaban los periódicos capitalinos todas las mañanas para asegurarse de que no saldría publicado nada sobre ellas. «¿A quién le podría interesar la vida de un prostituta moribunda y su hija?», se preguntaba la Cuaima con incredulidad, ajena a cómo se habían desencadenado los hechos.

Por su parte, los directivos de la clínica, dados los abundantes datos de que disponían sobre la identidad de la paciente, decidieron tomar cartas en el asunto para evitar que los periodistas escudriñaran en la historia de las dos mujeres. «Mira que si llega a salir en los medios de comunicación esta historia, podemos convertirnos en los titulares de las principales páginas durante unos días, si no tienen nada mejor sobre lo que escribir», comentó uno de los directivos de la clínica. «A las pobres no las dejarían tranquilas y pasarían a ser utilizadas, por el morbo que su vida pudiera despertar, amén de que no se sabía cómo podría afectar el escándalo a la clínica».

Esta inquietud fue transmitida a la policía con la petición expresa de que disuadiese a los medios de meterse en la intimidad de las dos mujeres. «Aunque estas mujeres no son quienes sospechaban los medios en un principio, pueden encontrar interés en el caso de una puta que viene a morir sin dolor a una clínica de la capital», comentó el director del centro al jefe de la PTJ.

De tal manera que la dirección del hospital, junto con las máximas autoridades de los cuerpos policiales, contribuyeron activamente a evitar que los reporteros se enterasen de la verdadera historia de ambas mujeres. De esta manera, les inventaron una personalidad ficticia; al mismo tiempo cursaron instrucciones a Isabel para que, en caso de ser interrogada por algún periodista, corroborase la información dada por la dirección: eran la madre y los hijos de un acaudalado hacendado de Ciudad Bolívar.

13 | Solo quiero dejarte un recuerdo

*P*or su parte, Teófilo no se podía quitar de la cabeza la visitica que le quería hacer a Cristina. Había estado preparando la salida de la joven, junto con varios de sus hombres, rumbo a un pueblo de Brasil, un tanto distanciado de la frontera venezolana. No descartaba que a partir de entonces no volvería a verla. Tendría cuidado para que no lo relacionasen con ella. Por eso, cerca de la madrugada del mismo viernes en que Pedro y su gente se disponían a entrar en la posesiones del comerciante, éste arreglaba de tal manera los acontecimientos en la casa refugio, que le resultaron especialmente propicios a sus inesperados visitantes.

Con el deseo de violar a la hija de su enemigo, se las ingenió para que sus secuaces no se percatasen de sus intenciones. No quería que, entre las muchas exquisiteces que de él se decían, se mencionase la de que era un violador. La muchacha, estaba seguro, no diría nada a nadie. Ya se encargaría él de adiestrarla. Y si lo hacía, peor para ella. Más de uno lo imitaría, y poco le importaba. «Carajo, pero en ella sí le dejaré un buen recuerdo a su padre, si es que algún día se reúnen», se dijo. De todas maneras, no olvidaba que la catira representaba ciento cincuenta millones de bolívares. «Seguro que el gallego no los tiene contantes y sonantes, pero ya se encargará de conseguirlos». Con esto en mente se dijo que ya prevendría a sus hombres de lo que le pudiesen hacer a la muchacha.

Con estos cálculos preparó su velada de despedida con Cristina. Con la excusa de que el lunes en la madrugada saldrían todos para Brasil, mandó a sus hombres a descansar. «No creo que vaya a pasar nada de aquí hasta la hora de partir», les dijo. De tal manera que los guardias se retiraron a sus habitaciones a las doce de la noche.

Teófilo estuvo esperando pacientemente en sus aposentos, hasta que, cerca de las dos, decidió incursionar en donde la muchacha dormía. Tal fue su sigilo que la joven, cansada por la tensión de las jornadas precedentes, dormía ajena al peligro que corría. Al ver que no se despertaba, Teófilo procedió rápidamente a bajarse los pantalones y el calzoncillo y con la camisa puesta y calzado, se acercó despacio a la cama y se puso a horcajadas sobre la joven, tapándole con una mano la boca. Cristina despertó sobresaltada; en la oscuridad no logró distinguir al hombre que tenía encima y que le estaba colocando un trapo en la boca. Solo escuchó una voz queda, que le decía al oído: «Te voy a hacer pasar un buen rato. ¡Cállate! No digas nada que va a ser mejor para ti. Que los otros hombres no se enteren, porque cuando sepan que he estado contigo van a querer hacerte lo mismo. No le digas nada a nadie; no opongas resistencia. Solo quiero dejarle un recuerdo a tu padre en tu persona. No olvides dárselo de mi parte».

Justo en esos momentos, afuera del recinto se encontraban Gregorio, Ramón, Pedro y uno de los indios que les habían servido de guía. A las doce y cuarto de la noche el grupo había llegado al lugar e, inmediatamente, uno de los pemones había inspeccionado los alrededores de la casa-refugio. Para su asombró, descubrió que todos se habían retirado a dormir temprano y que no había vigilantes en la puerta donde sabían que estaba recluida la joven, según la información que les había dado una de las indias que trabajaba en las labores de limpieza Al enterarse de esto, Pedro y sus hombres decidieron esperar hasta que las luces de la casa se hubiesen apagado definitivamente y, cerca de las dos de la madrugada, comenzaron a acercarse, sigilosamente, hacia el recinto. Los acontecimientos, hasta el momento favorables a sus planes, les habían inducido a adelantar la hora de asalto al escondrijo. Ahora solo les quedaba una preocupación: ¿cómo abrir la puerta? Habían contado con que el guardia de la entrada tuviese la llave. Una vez reducido, la abrirían sin más... Pero sin guardia... Estaban ya cerca de la puerta, a una distancia prudencial que les permitía no ser vistos, cuando el indio que les guiaba dio aviso de parar la marcha. Fue entonces cuando surgió, a la luz de la luna en la oscuridad de la noche, la figura de Teófilo. Vieron cómo abría la puerta con cuidado y cómo, guiándose en la oscuridad con una linterna minúscula, se introducía en la habitación. «Hijo de mala madre, qué irá a hacer», se dijo para sus adentros Pedro. En esos momentos Ramón y Gregorio se hacían la misma pregunta. Esperaron y cuando vieron que el hombre se había introducido solo y que no lo seguía nadie, Pedro y sus hombres decidieron acercarse a la puerta, tocar despacio, hacer que les abriese y, en el asalto, aprovechando la sorpresa, reducir a Teófilo. De esta forma las cosas parecían simplificarse. «Contemos con que la suerte esté de nuestro lado», expresó en un susurro Gregorio. Mientras el indio quedaba atrás vigilando, los tres se fueron acercando, cautelosamente, hasta el lugar, pistola en mano.

Adentro, entre tanto, guiándose con la lucecita de la linterna que había llevado, Teófilo bajaba con una mano el pantalón de Cristina y con la otra la amenazaba con la pistola. Una vez realizada esta operación procedió a quitarle definitivamente el pantalón. Una vez consumada esta operación trató de introducir su pene entre las piernas de la joven que, en una acto reflejo, las apretó con fuerza; entonces Teófilo hizo sonar el gatillo de la pistola que apuntaba a la cabeza: «Abrelas, o te vuelo los sesos», le previno en voz baja. Con grandes ojos asustados, que trataban de ver en la oscuridad, Cristina se dio cuenta de que no le quedaba más remedio que obedecer. Abrió las piernas, temblando, y sintió cómo el hombre le metía, guiado con su mano, el pene... La vagina estaba cerrada, seca... Teófilo se emocionó... tendría que vencer la resistencia de aquella ¿virgen?... No lo creía... Demasiado relacionada con Ramón... Dio un empujón seco. Percibió como su miembro penetraba lo suficiente como para que no se saliese. Rápidamente dejó a un lado la pistola y con las dos manos sujetó los brazos de Cristina. Un trapo amarraba la boca de la joven. A continuación utilizó toda su fuerza, su odio y violencia para empujar su verga dentro del conducto vaginal. Cristina sintió un desgarro y gritó instintivamente, pero el trapo ahogó el grito al mismo tiempo que le hizo daño al hundirse entre la comisura de los labios. Las lágrimas comenzaron a rodar por sus mejillas. En eso sonaron unos golpecitos en la puerta... Teófilo, en plena refriega, no los escuchó... Siguió, rítmicamente, realizando su tarea y de repente el placer del éxtasis recorrió su cuerpo... apretó los dientes para no jadear... luego cayó de bruces sobre la joven, y entonces fue cuando escuchó los golpes en la puerta. «¡Jodidos! ¡Me han seguido!», se dijo. Saltó de la cama, dejando a un lado de Cristina la pistola. Buscó en la oscuridad sus calzoncillos y pantalones y procedió a ponérselos a toda velocidad.... De repente se volvió hacia la cama; allí estaba Cristina, desmadejada. Como él la había dejado, la cara volteada hacia donde estaba el arma olvidada por él... A través de la semioscuridad podía apreciar las intenciones en la mirada de la joven, pero también se percató de que estaba sin fuerzas para cumplir sus deseos... Se acercó a recogerla, no fuese que se recobrase y le diese un susto... Tras esto dudó, durante unos segundos, si quitarle la venda de la boca o dejársela puesta... Decidió quitarla... En la madrugada mandaría a una de las indias de la casa para que le diese ropa limpia, alguna pieza habría de las tantas zorras que por allí pasaban. Después de quitarle la venda le susurró: «No grites; haz todo lo que te diga... Ya sabes, mejor será que los hombres que te vigilan no se enteren de nada, si no ellos también querrán probar tus dulzuras... ¡y no te conviene...!» Una vez dicho esto, tomó la linterna que había permanecido en la cabecera de hormigón y se dispuso a salir.

Hacía rato que no se sentían los golpes en la puerta. «Quien quiera que fuese, parece que ya se fue», pensó. Esperó un momento tratando de escuchar algún ruido. No escuchó nada. Abrió con sigilo, se asomó y fue entonces cuando sintió el cañón de una pistola en su cuello... «¡Ni un grito...! ¡Calladito, amigo, si no quieres que te vuele la sesera!», le dijo con un hilo de voz Gregorio. Con las mismas lo hizo entrar en la habitación. Detrás pasaron Pedro y Ramón... Teófilo, sin poder vislumbrar quién o quiénes estaban allí, pensó en su pistola envainada en el cinturón de su pantalón... Pero era tarde. Una mano experta le quitó el arma. «Danos la linternita», le dijo Ramón. La entregó sin dilación. Ramón se la pasó a Pedro, quien se apresuró a recorrer la estancia. Allí estaba su hija, desnuda, en la cama. Corrió a taparla mientras, con rabia, se mordía los labios conteniendo sus deseos de abalanzarse sobre el responsable de lo que veía. Cristina, inmóvil, no había tenido tiempo de reaccionar. ¡Los hechos se habían producido precipitadamente! Todavía estaba asustada y dolorida por el abuso del que había sido objeto, y a ello se sumó la sorpresa... Al ver a su padre sus lágrimas rodaron aún, si cabe, más copiosamente, pero de alivio. Dejó escapar un gemido... «No, cariño; contrólate. Tenemos que salir de aquí. Guarda silencio. Y levántate. Haz un esfuerzo: tenemos que irnos cuanto antes». Obedeció, y al levantarse sintió que el dolor le quemaba en sus partes íntimas. Se sobrepuso y siguió al grupo... Pedro recorrió la habitación con la luz. Vio el trapo que había tapado la boca de Cristina. Lo agarró y se lo pasó a Ramón... «¡Tápale la boca a ese miserable...!», le dijo mascando las palabras.

Con la boca tapada y las manos amarradas a la espalda, Teófilo no podía creer que el gallego hubiese podido encontrar el refugio. «¡Maldita Cuaima! Ella le dijo dónde estábamos. Lo sabía y se hizo la inocente... ¡Desgraciado de mí! ¡Maldito sea el momento en que la traje!». Con estos pensamientos salió de la habitación, siempre encañonado por la pistola de Gregorio. Con la llave de su rehén, Pedro cerró la puerta y con el mismo sigilo que habían llegado, salieron del lugar. Después de recorrer una distancia prudencial en un jeep proporcionado por uno de los indios pemones, el grupo llegó al lugar donde habían dejado la curiara. En ella remontaron el río.

14 Tragedia en el Aponwao

El martes en la mañana se encontraba Isabel revisando el vespertino caraqueño cuando su vista tropezó con un titular, a cinco columnas, que hacía referencia a Guayana. Desde que estaba en la capital, y revisaba los periódicos de tirada nacional, no era frecuente encontrarse con una noticia del estado Bolívar. Por eso, el titular de un accidente ocurrido en uno de los ríos de la zona le llamó la atención: «Tragedia en el Aponwao: tres hombres muertos al caer una curiara en el salto Chinak Merú». El encabezamiento del cuerpo de la noticia relataba cómo, el día anterior a las diez de la mañana, se le apagó el motor a una curiara con ocho ocupantes, dos de ellos indios pemones, y una mujer europea, mientras se acercaba a la orilla del río, cerca del salto Chinak Merú.

«El indio que la conducía intentó encenderlo varias veces hasta que el depósito de gasolina se inundó y la embarcación comenzó a zozobrar», escribía el periodista. «En estas circunstancias chocó con una guaya, atada a ambas orillas, con una extensión de 60 metros y a 20 centímetros por encima del nivel del agua, que señalaba el límite de hasta dónde se puede llegar sin correr peligro... La curiara se levantó y quedó al revés»

«En el puerto había otras dos embarcaciones. Una de ellas se acercó y lanzó una cuerda, que fue amarrada a la que estaba colapsada. Pero se desató. El indio que intentó prestar auxilio desistió y regresó. Los náufragos fueron arrastrados lentamente. Desde la otra embarcación lanzaron una segunda cuerda a la cual lograron aferrarse cinco de los supervivientes, dos de ellos indios pemones, un hombre y un jovencito de Ciudad Bolívar, y la mujer. A duras penas vencieron la turbulenta corriente hasta llegar a la orilla, con ayuda de la segunda embarcación que los arrastró. Lo lograron, con algunas contusiones, pero vivos... Debajo de la curiara quedaban los otros tres. Uno de ellos, según se supo más tarde, tenía las manos atadas y los otros dos no sabían nadar. Sus cuerpos, sin oponer resistencia, junto con la curiara, se deslizaron por un abismo de por lo menos cien metros».

Hasta aquí el relato de la noticia. Pero sin más. En la misma no se daban nombres. Según el redactor, los que viajaban en la embarcación aún no habían sido identificados. Así Isabel, sin sospechar la tragedia que se avecinaba, continuó pendiente de Cecilia, que expiró en la madrugada del miércoles. Isabel hizo inmediatamente todos los trámites necesarios para dejar a su madre enterrada en la capital. «Después de venir con ella hasta aquí, no voy ahora a regresar con el cadáver. Además, ¿qué importancia puede tener el estar enterrado en un lugar o en otro?», se dijo.

Por tanto, sin premeditación, compró unos terrenos en el Cementerio del Este, donde entierran a los caraqueños ricos: un cementerio con un césped inmaculadamente verde todo el año. Fue tanto su asombro cuando entró en él con el ataúd de su madre que creyó que se habían equivocado de lugar. Pero los del coche funerario la sacaron de su error: aunque le pareciese mentira, aquel era un cementerio. «En este país descansan en mejores condiciones algunos muertos, que en las que permanecen muchos vivos», expresó Isabel. El conductor la miró con pena al tiempo que asentía, e inmediatamente le preguntó: «¿Usted sabe cuánto le va a costar este entierro? Mire que con lo que va a pagar aquí podrían muchos vivir durante todo un año y, total, tierra es tierra, con césped bien cuidado arriba o no». Isabel lo miró sorprendida. No había reparado en los costos. Ni siquiera había pensado que, hasta en la muerte, las diferencias siguen marcando. Por eso respondió: «No, no importa; procedamos a enterrarla. Tengo dinero suficiente para ello». «Además», se dijo mentalmente, «sí vivió toda su vida como una furcia, que descanse como una señora». Mientras el guardaespaldas de Teófilo, que estaba presente, pensaba asimismo que si los muertos veían todo lo que pasaba en este mundo, los de aquel cementerio se estarían carcomiendo de indignación. «Menuda compañía van a tener éstos, que mientras estuvieron vivos, seguro que fueron unos sifrinos de mucho cuidado», susurró para sí.

El viernes, después del entierro, tomaron el avión que les llevaría de regreso a Guayana. Y fue en pleno vuelo, hojeando un periódico del martes de esa misma semana, cuando Isabel se enteró de que los ocupantes de la curiara que se había precipitado por el salto Chinak Merú eran Pedro, Teófilo y Gregorio. «Un gallego nacido a la orilla del mar, todo un cacique de un poblado minero, su capataz y un empresario de la compra-venta de oro perdieron la vida, unos por no saber nadar y el otro porque había sido atado por los primeros».

Fue tal la desesperación de la Cuaima que el guardaespaldas creía que le daría un infarto y también ella se convertiría en cadáver. «Vaya suertecita la mía. Últimamente mi sino son los muertos». Pero para su tranquilidad, todo se redujo a un ataque repentino de náuseas provocado por la ansiedad, de tal manera que al llegar a Ciudad Bolívar, Isabel le acompañaba caminando: «Menos mal», pensó para sus adentros. También estaba sorprendido. «Caray con el jefecito, no le podían haber salido peor las cosas». No obstante, ni él ni Isabel comentaron nada al respecto y una vez en tierra, cada uno decidió tomar su rumbo. Ya no se volverían a ver.

Tras el primer choque, la Cuaima se repuso lentamente. Una vez más había perdido su oportunidad de dejar lo que en su mente era «un nicho de miasmas» que le repugnaba y al cual, tras la muerte de Pedro, quedó aún más atada: para su sorpresa, era la heredera total de *El Finisterre* y de parte de las concesiones mineras. La otra parte la había repartido el gallego entre algunos de sus empleados: Gregorio, Ramón, el camarero-pianista del bar, Chiripa, la misma Mimi... A Cristina le quedaban todas las inversiones que había realizado en Caracas, dinero depositado en bancos y lo que quedaba de las concesiones después del reparto.

Con el tiempo, al decir de algunos, creció un sentimiento de amistad y cariño entre Isabel y George, el negro trinitario que además de servir las mesas tocaba el piano en el bar. «Un hombre inteligente», me dijo Serafín, un minero portugués que enfocó la historia sin vestigios de ficción. «Terminarán vendiendo lo que les toca y se retirarán a vivir tranquilos en Trinidad, una bonita isla. Seguro se llevarán con ellos a Mimi. Son unos pobres desgraciados, como todos los que estamos aquí; parte de los desechos y la escoria de la humanidad. Los que nos ha tocado venir al mundo para sufrir... si alguna persona en este mundo desea una vida digna y feliz, no la encontrará en este pueblo ni en sus alrededores. Esa es la realidad. Lo demás son invenciones. Todas esas historias de ambición y asesinato que rodean a Isabel son una manera, como otra cualquiera, de disfrazar la realidad y de entretenerse. Por estos lugares, fuera del sexo y el ron, poco más hay para pasar el tiempo». Sin embargo, para otros, George había sido su cómplice en la trama contra Pedro: «Lograron engañarlo», me dijo una furcia colombiana. «Entre los dos lo llevaron a la muerte para quitarle todo lo que hoy día tienen. Merecen que los empalen».

Por su parte, cuando me tocó hablar con Isabel y preguntarle qué pensaba de todas las historias que sobre ella corrían, se encogió de hombros. Una mirada apagada, un rictus de dureza y resignación apareció en su cara, como amago de una sonrisa: «La gente tiene que entretenerse. ¡Qué le vamos hacer! Por otra parte, ¿quién dice que todo lo que cuentan no sea verdad?». «¿Les da usted la razón?», le pregunté. «¿Qué cree usted?», me contestó. «Por lo menos no se la quita...», le respondí, esperando conseguir algo más de ella, pero solo se encogió de hombros al mismo tiempo que retiraba dos botellas del mostrador y con las mismas se fue a la trastienda. Desde entonces no volví a verla.

Tras regresar a España no volví a saber nada del mundo de las minas. Compaginé mi trabajo de periodista con mi ayuda voluntaria a diversas ONGs. Mi paso por Venezuela, y, especialmente por Las Guadalupes, me sensibilizó de tal manera que no he podido dejar de pensar que la miseria trae más miseria al ser humano. Y si tratamos de remediar un poco esa miseria, estaremos ayudando a que personas destinadas a ser objetos se salven de su suerte, ya sean prostitutas o mineros explotados...

No he vuelto a Venezuela. Por las noticias que sigo en los periódicos, y por lo que he hablado con mi amiga, que permaneció unos años trabajando en la agencia de noticias, el país ha cambiado mucho. Políticamente se ha cerrado una etapa de bipartidismo y la miseria de sus habitantes elevó, al año siguiente de yo estar allí, a un militar con ideas de izquierda al poder. Los que de allí regresan hablan de un estado de confusión generalizado. Pero nuevamente, gracias a los ingresos petroleros, Venezuela es el país más rico de América Latina. Pero muchos de sus habitantes viven todavía dramas parecidos a los que conocí en Las Guadalupes. Todos ellos darían material suficiente para hacer otra novela.

Esta obra se imprimió en Venezuela
en septiembre del 2017
durante el gobierno del presidente Nicolás Maduro.
A partir del 24 de febrero del 2016
la búsqueda del oro en la Guayana venezolana
entró en una nueva etapa con la creación
de la zona de Desarrollo Estratégico Nacional
Arco Minero del Orinoco. Con su enorme riqueza,
la región seguirá atrayendo a hombres y mujeres
en busca de un futuro promisor y sus vidas
engendrarán nuevas leyendas.